明日将至

明日死ぬかもしれない自分、
そしてあなたたち

〔日〕山田咏美 著
赵婉宁 —— 译

中国友谊出版公司

CONTENTS

CHAPTER 1 真澄

1

“人生啊，感谢你让我如此快乐。”九十六岁高龄的曾祖母在弥留之际，于自己心爱的素描本上写下了这句话。这句遗言此后一直被所有能跟她扯上关系的人传诵着。人们似乎总喜欢带着羡慕不已的心情，一边叹着气，一边将它奉为理想人生的总结。我也不止一两次听他们形容曾祖母如励志传记中的伟人一般，称赞其为“杰出的谢幕”。每当这个时候，我就会想：原来如此，大家都希望活得尽可能久，等心满意足了再离开人世啊。所以他们才会怀揣无比羡慕的心情，向做到了这一点的曾祖母祈祷，希望自己也能有幸福漫长的一生，以及美满的终结。大家更是始终带着这样的意识活在当下，仿佛死便是人生最大的目标。不过人生啊，真的会那么美好吗?

素描本上写着曾祖母名言的那小小一页，在她死后被裁切下来装裱成框，变为母亲这边的亲戚家中必不可少的装饰，一直挂在某面墙上。

第一次见到相框时，我还是个小孩。当时它就挂在故去的外祖父母家，在玄关鞋柜的上方，同时肩负着为家中访客提供话题的使命。

后来再想起时，它已经被挪到了舅母家的壁龛里，而且听说舅母家重建的时候它又被带到了叔父家的公寓里。据说叔父的妻子，也就是我的叔母，非常嫌弃它，可这相框还是端挂在叔父家那充满北欧风情的客厅墙壁上，散发着自己独特的违和感。而在叔父确定了要去海外赴任后，相框立刻被“扫地出门”，最后来到了我家。

那句话仿佛在循着母亲家的血脉流浪，就像代代相传的传家宝似的，想扔又不能扔。虽不忍心将它无情地抛弃，可过了这么长时间，也实在挤不出什么珍视之情了。再想像旁人那样感动，是无论如何也做不到的。不过话又说回来，我觉得在某种程度上，家中的亲戚对那块相框代表的意义深信不疑。仿佛被大家当作路标一般，每一个人都将它铭记心中，就算迷路了，也可以凭着它找到方向。

然而，每一个人都必定忘记过它。就算没有逐一问过，我也非常确信这一点。那时哥哥澄生跟我还在上小学低年级，当时父母正在闹离婚。

无论父亲还是母亲，那时都像变了个人似的，冷酷好战。我只能目瞪口呆地度过每一天，心里想原来这就是吵架啊。起因是父亲有了别的女人，不过这都是后来听说的，当时的我无论如何也不能理解他们。年轻的夫妻，还不懂得要为了年幼的孩子约束自身。不过现在想来，离婚反而更好也说不定。为什么？

因为他们每日争吵，使得我跟哥哥在等到父母离婚的定局时，终于松了一口气，甚至忘记了切身之痛。

离婚的结果相比于两人如狂风暴雨般的争执来说，对我们带来的好处实在太明显，令我们在父母撕扯的裂痕中窥见了阳光，家中如梦似幻地“放晴”了。我们的抚养权交给了母亲，父亲高高兴兴地走了。目送他离去的背影，我不禁纳闷儿起来，不知怎么回事，我并不觉得寂寞。从那个瞬间起，我意识到父亲不在了的事实，然而也并没有多么深切的情绪。明明我跟母亲一样，都曾那么喜欢父亲啊。

那时，我为自己是如此冷漠的孩子而深深内疚。这世上哪能有不爱父亲的女儿啊！

不过现在我明白了。父亲是为了跟其他女人在一起，才离开这个家的。他将本已拥有的幸福挥霍一空，然后开启了新的幸福人生，他转身便走了。即使明知道这样就不能跟自己的孩子在一起生活了，他也毫不在意。而我恰恰也是那种无法对不值得同情的人报以好感的心性。当时，虽然我只有七岁，却也明白对于某些人来说，同情他即是束缚自己。

母亲、哥哥还有我，三个人一起过着平淡的生活，大家一点点填补着父亲造成的那块空白，终于让缺失不再明显。这可能要归功于哥哥那大大咧咧的性格。比如，平日里摆着父亲的筷子、彰显着父亲存在感的地方，哥哥总是非常自然地“占为已用”。久而久之，我和母亲也在哥哥的带动下，将偶尔回忆起来的父亲顺理成章地再次遗忘了。

这样的生活日复一日，渐渐使我产生了本来就只有我们母子三人的错觉。在平淡无聊中，间或有些小小的吵闹做调剂，我每天都会带着极大的满足感钻进被窝。母亲也在被子里伸着懒腰幸福地感叹：“只要有你们在，我啊，就什么都不——需——要——了。”

然而，这并不是实话。当母亲陷入新恋情时，我和哥哥才明白过来，即便我们母子三人之前的平和时光已经将生活填满了，但为了让与母亲交往的那个男人加入，多少空间都是可以挤出来的。并且，她眼前享受的幸福，与从孩子身上获得的幸福完全不同。没错，就如同甜点装在另一个胃里那样。

事已至此，我们也没什么办法。不久前还完全陌生的男人拼命跟我们套近乎的样子，看着真的令人作呕。不过见母亲露出许久未见的欢欣雀跃的样子，我们也十分高兴。我们倒也没什么嫉妒之感，因为我和哥哥都觉得，母亲平时对子女实在是过分关心了，被分走一部分关爱是件大好事。反正这样的“忘乎所以”也不会持续太长时间，我心里想着。毕竟这个男人只是甜点而已。

感觉高枕无忧的我，在听到他们宣布结婚的消息时，才真的慌了。在我们兄妹的人生计划中，可从来没有继父这一项啊。

我们虽然没有反对的理由，但表达抗议的权利还是有的。“不是说只交往吗？”被我这样一问，母亲把手放在小腹上回答：

“这里已经有你们的小弟弟或者小妹妹了。”

我惊得差点儿摔倒在地。这都是什么时候的事啊！

我那时还不清楚生孩子的过程，所以一心认为是他们结婚的决心带来了小宝宝。这样一来，我也就说不出任何反对结婚的话了。而哥哥听到这话时，仅仅耸了耸肩，不过当继父告诉哥哥除了肚子里的孩子外，还有个已经生下来的新弟弟也要一起过来生活时，哥哥的眼睛一下子就变亮了。

家里一下增加了三口人（虽然其中一个还在肚子里），母亲的结婚对象把这件事说得好像幸福的细胞相互融合一般，并以此对我们进行洗脑。作为我们的继父，这个人也确实在一段时间内努力向我们证明着他的主张。没错，我们组成了一个无可挑剔的幸福家庭。在外人看来是什么样，关起门来也还是什么样。母亲的这次再婚可谓非常成功。

为了让两个亲子家庭能够合二为一，我们搬到了东京郊外的一栋独门独户的房子里。这里虽然看上去有些陈旧，但因为住过一位美国古董商人，所以装潢陈设中飘散着一股乡愁的味道。房子的每一处细节，如黄铜的门把手，或是木质的窗框，都让母亲赞叹不已。对于找到这所房子并将其租到手的丈夫，她自然不会吝惜夸奖的言辞，母亲说：“再没有人比你更适合设计我们未来的人生了。”

实际上，这个房中所有的细节都与母亲非常相称。当她卷起印花衬衫的袖子，推开落地窗，让新鲜的空气流淌进室内时，仿佛开启了一篇诗情画意的新篇章。当然，“诗情画意”是我现在才想到的词，彼时的我尚且年幼，但也能够在大脑中描绘出一个幸福美满的童话场景了。

多么令人期待啊，母亲终于通过第二次婚姻成了人生的主角——就是这种感觉。周围的一切都在为她鼓劲，而目睹一切的我仿佛幸福得快要窒息了。无论什么都焕然一新，家是，家人也是，就连四周的空气都是。最重要的是，连我的心情也是！

然而，某天我放学回家，刚一踏进玄关，一股强烈的违和感就扑面而来。这种违和感强到让我不由得浑身战栗，下意识地退后一步，开始重新打量四周。我立刻用视线自下而上地严密扫描着，果然，一样东西当即“扎”入眼中。

那是一块非常眼熟的小小相框，正挂在墙上，上面毫无意外地这样写道：

人生啊，感谢你让我如此快乐。

我飞奔进客厅，寻找着母亲的身影，她正坐在角落里的书桌旁写着什么东西，看见女儿脸色大变地跑进来，她惊讶得停住了手上的事。

“到底怎么了？”

我拼命寻找着适当的词语，可细想之下，却发现连一个抗议的理由都没有。

“为……为什么，曾祖母的相框，会挂上去啊？”

母亲一脸莫名其妙地回答：“你问为什么……那不是咱们家代代相传的东西吗？就像家训似的。之前过得乱七八糟，完全把它给忘了，真是对不起奶奶。作为反省，我决定把它重新挂出来。”母亲笑起来，“唔……是不是有点相田光男[1]的感觉呀？不过那也很好啊，毕竟是幸运护身符。”

“那么倒霉的东西也能算幸运护身符吗？”

“在说什么呢？你这孩子真奇怪。”

是啊，那时候的我，到底为什么会说出如此奇怪的话呢？可我就是有种不祥的预感。即便母亲把它说成家训，我也感受不到一点儿它作为人生指导方针所带来的希望感，反而感受到了一种更为冷漠与庞大的东西。我有种预感，灾难与痛苦正向我们家袭来。曾祖母明明已经用幸福的辞世为它做了担保，但它依然变成了对我们的恐吓。彼时因为这种感觉而浑身战栗的我，真可谓是一个直觉敏锐的孩子了。

曾祖母过于乐观的遗言，像诅咒一样在我家生了根。母亲

1 相田光男：日本著名诗人、书法家。

离婚的不幸固然已经随着新家庭的组建被彻底掩埋起来，但真正的问题才刚刚出现。

母亲下定了决心，从现在开始要努力为幸福添砖加瓦，继父也全力配合着她，孩子们更是为此齐心协力。一个意气风发、不断前进的全新家庭，这就是我们澄川家。

在这个和美的家庭中，我跟哥哥感受不到任何缺憾。要说唯一的不满，大概就是我们的新名字中有两个澄字，哥哥变成了澄川澄生，而我变成了澄川真澄。不过这种小烦恼很快就烟消云散了。因为继父诚先生跟我们说，像美国那种英语圈国家的人，还会特意给自己起这种带重音的名字呢，比如威廉姆·威尔逊、菲利普·菲尔普斯之类的。

虽然我并不觉得他说的话多有说服力，不过，想想还是算了。反正，等我结婚时姓还会再改的；至于哥哥，说不定将来会成了哪家的养子，然后改名换姓也未可知。但是，我这种天马行空的想象，终究没有实现。

因为哥哥在十七岁时，死了。而我至今也没有结婚。三十岁，今天我正好迎来了三十岁生日。又活了一年。但也说不定明天就会死去。哥哥死后，我的每一天都是在这样的不确定中度过的。并且以后的人生，也只是这种不确定的不断叠加，如此而已。

我从来不对大自己两岁的哥哥用敬称，总是简略地叫他澄生。平时，他可是母亲的心肝宝贝，我感觉就算再婚以后，母亲也还是把他放在了优先顺位的最高一级上。这一定是源于“母亲疼儿子”的说法。当然，澄生也会尽情地利用这点来跟母亲撒娇。每当母亲对母亲之职有所怠慢时，他便会用大人的语气说：“母亲，没事的。”这样一来，母亲必定会羞愧得当场跪倒，嘴里不停地念叨着“原谅母亲吧”。那谦卑的神情，仿佛她面对的是神灵菩萨。

每次看到他们两人这样你来我往，我就觉得很别扭，甚至可以说有点恶心。那两人之间，偶尔会有点与至亲生物不相符的气氛。为了抹消这种感觉，我会故意像未经驯化的动物幼崽一样给哥哥捣乱。不用敬称而直呼其名，也是为了把他拉到和我同样的地位。因为如果不这样做，我总觉得心中不安，好像他要甩下我跑到什么地方，再也不会回来了。

最后，哥哥真的没有再回来。不，这么说不准确。准确的说法是，他的身体没有再回来。他的灵魂始终陪伴着家中的每一个人，并且无言地倾听着我们的痛苦呻吟。大家都这样坚信着，并为此敞开心扉，虽然只是在他的面前而已。在他面前，可以笨拙，可以怯懦，因为只留下魂魄与音容笑貌的他，对我们这些活着的人顺从得不可思议。只要我们想，他就如愿来到身边。

澄生，你是真的死了吧？我每天都要重复很多遍这样的呓语，并且每一遍都再次确认了这个事实。你在那个时候，被死亡选中了。而我的那一时刻，将在何时降临，又会以怎样的方式诱惑我赴死呢？说不定也是突然袭击，或者在死亡之神有那个心情之前我都只能耐心等待？那年夏天的傍晚，哥哥被雷电击中停止呼吸的时候，我担负起了一种被死亡注视着的人生。

2

哥哥是被雷电击中而死的。听到我这么说，大部分人都会露出难以置信的表情，一时语塞。有人以为我在讲笑话，还有人当面笑了出来。无论如何，他的死因太过戏剧化，在他人听来难免带着些滑稽感。大概只有被龙卷风卷上天而丧命的人，才能够给人留下同样深刻的印象吧。遇到这种罕见的死法，大家就怎么也同情不起来了，迎接我的只有震惊，以及藏在表面下的忍俊不禁。不知道世上有没有被陨石击中而死的人，我现在很想跟他的亲友认识一下。其实就算是冰雹，如果不巧打中要害，也还是会死人的。但是这种消息传到至亲以外的人耳中，不管怎样都会泛起一丝趣闻的气氛。在说出“好可怜”之前，必定是脱口而出“哎？真的假的”这种话。

也有人打趣说：“竟然被雷电击中而死，澄生果然是王子啊。”这个人的初衷或许只是想宽慰一下哥哥的亲友，然而我想也没想地就揍了上去。好不甘心，夺走哥哥性命的那种自然现象，为什么没有在世间成为一种更普遍的死法呢！只是因为不够普通，没错，问题就出在概率上。只要不是一次性令一大批人丧命，就无法触动旁人的心灵。与自己无关的死亡都是靠数字来决定其价值的。就像在战争中牺牲的大多数人要比走在路上被枪射杀的青年更值得尊敬一样。

而我想说的是，比起数万人的死，哥哥只身一人的死更令我悲伤到不能自已。

我在哥哥去世之后就变得非常消沉，并且认定会一辈子消沉下去，就连弟弟创太也是这么说的。创太是这个世界上最了解我的人。明明我们之间连血缘关系都没有，不，正是因为没有血缘关系，他才可以退后一步来观察我。仔细想想，他是我认识的孩子当中最为血缘关系所苦恼的一个。他时而安静，时而又那般激动，因为血缘的联系，以及这份联系的缺失，都令他如此烦恼。这都是母亲的错。我从没想过，自己的母亲会像听不懂人话的动物一般不近人情。

初次面对刚刚成为家人的我们时，创太只有四岁。他的母亲在两年前病逝，继父诚先生跟我们说，创太已经完全不记得亲生母亲的事了。两年前，巧合得很，那也正是我们失去亲生父亲的时期。对于年幼的孩子来说，不管与父母生离还是死别，其实都没有太大差异。不可或缺的人不在了，自己只能去努力习惯这一点，陷入这种痛苦境地的我们其实是一样的。只有当我们成长起来之后，离别方式的不同才开始具有意义。我跟哥哥一边将创太视为同病相怜的伙伴，一边又觉得因太过年幼，连缺失感都不曾体会的他更加可怜。换句话说，也就是我们觉得高他一等。毕竟，他在什么事都不明白的情况下，就那样单纯地开心着。“万岁！万岁！有新家、新母亲、新哥哥、新姐姐啦！”他照着父亲的教导如此兴高采烈地期待着。

“真澄，这家伙，超可爱的。”

“嗯。”

“而且，也超可怜的。”

不知为何，我无法完全认同这句话。“可怜”，这个词对我来说是非同一般的。一个“见习弟弟”，怎么配用这个词？

然而哥哥却不这么想。对他来说，“可怜”这个词就像纸巾一样，可以随手抽出来用，用完就扔掉。他是个慈悲之人，对各种各样的情况都能轻易地感觉可怜，自以前就一直被大家称赞为心地善良。我每次听到这样的赞美，都难掩脸上的惊异之情。认为某个人或某件事可怜，对他来说是极为自然的事情，至少在他那里，“感觉可怜”跟“是个温柔的人”一点儿联系都没有。

“不久以后就要有新的弟弟或妹妹出生了吧？那样一来，创太不就变成兄弟姐妹当中唯一跟母亲没有血缘关系的人了吗？所以，为了不让他难过，我们一定要竭尽全力。”

“啊？可是，你想怎么做呢？”

“要把这个家变成最完美的家，即便受到外界的攻击也不会崩塌，像岩石一样坚硬就最好了。自己的阵地是一定要牢牢守住的。”

“听不太懂……首先要干什么？”

“就从管继父叫诚父亲开始！”

“啊？”

我当然知道诚父亲的“诚”字来源于他的名字，但是这么叫的理由又是什么呢？

“我们两个，永远也不会成为跟诚先生有血缘关系的孩子，既然这样，我觉得就不能随便糊弄过去。一定要始终保持着本来就是陌生人的感觉。那种有着血缘关系的家庭当然可以无事一身轻，但如果我们也随随便便地学人家，肯定会让创太感觉自己被排挤了。”

“无事一身轻是什么意思？”

“就……就是说……”

回想起那时的哥哥，已让我不由得露出微笑。那时的他好像是十一岁吧，而我就那么稀里糊涂地跟着他，开始管继父叫诚父亲。这样一来，以前那种觉得不叫父亲就会对不起母亲的固有印象也消失得一干二净了。继父不仅成为我们这个新共同体中的最高责任人，同时也成了最值得信赖的存在。

最后连创太也开始学着我们的样子叫起了诚父亲。我们就像刚刚降生不久的雏雁，在诚父亲这只大鸟的带领下前行，哥哥和我都觉得非常满足。

接下来，哥哥面对的难题就是该如何称呼母亲，许多提案都被母亲否决了。我们想过用她的名字，叫她美加母亲，然而遭到了她的断然拒绝，并说：“母亲就是母亲。”还说那种称呼听起来就像是替代品一样。被她这么一说，哥哥也变得畏缩起来，最后只能不明不白地就这么算了。

哥哥当时心中描绘的理想，或许只不过是符合他当时年龄的天真拙见。但无论如何我都觉得，正是这一步指明了我们家的前进方向。诚父亲不仅仅是父亲，更是带有“诚先生”这个附加值的队长，要带领我们前进，勇往直前！就是这样气势如虹的劲头！

实际上，在这数年间，家人们一直醉心于对澄川之家进行精雕细琢，因为我们都相信这正是幸福的根基所在。而时至今日我才明白，这样的我们在旁人眼中是多么讨厌的一个集合体呀。就像那些特权阶级一样，永远以自己的幸福论为出发点。我们兄妹经常结伴走过整个校园，脸上的得意之情呼之欲出，像是要追着每一个擦肩而过的人问“喂，我们这样看起来很幸福吧”一般。我们从幼儿园到大学都在一起，所以只要我们愿意，随时都可以炫耀幸福。多么趾高气扬的一帮家伙啊。

然而，我们也没办法呀。之所以有这样必须达成的终极目标，正是因为我们的人生故事已经被那句话牢牢绑住了。

人生啊，感谢你让我如此快乐。

每一天，每一天，那个相框就在眼前，上面的文字不知不觉间已经印刻在每个人的心间。说不定这就是洗脑？那么，曾祖母算是教主大人了吧？那么，这句至理名言就是教义吧？那么，遵从教义攻克难关、挣扎求生，是多么令人激情迸发的一件事啊。

创太说过，我们是“万岁万岁族”，就是一个动不动就“万岁——万岁——”式欢呼雀跃的种族。没错，尤其是创太这家伙，从我们刚一见面就这样了。而哥哥和我也慢慢被感染了，变成了跟他一样“喜形于色”的人。想要让人生为自己提供乐趣，首先要奉献自己取悦人生。

我们渐渐明白了“洗脑”这个词的意义，然而当时还远远想象不到那会伴随着怎样的痛苦。真希望就这样永远当一个“万岁万岁族”呢，对吧，创太，还有小千绘。

千绘出生的时候，母亲不经意间说了一句话，我到现在还记得。她说：“阿诚的血终于也融进来了。”阿诚当然是指她的丈夫，也就是孩子们的诚父亲。我们当时并没有什么继父、后爹之类的概念，那是那么久远的事了，而且又不是出于我们的意愿。然而，就在孩子们选择了忽视血缘关系的独特意义之后，母亲却当着我们的面说出了如此不合时宜的话。她甚至连哥哥紧皱的眉头和我紧咬的苍白下唇都没注意到，多么迟钝啊。明明她自己也在一心追求幸福，只是现在看来，她所追求的幸福与我们追求的幸福有着本质的区别。母亲太过于专注别人给予自己的幸福，完全没有考虑过自身应该带给别人幸福。就像习惯了感谢别人的人，并不知道被人感谢时的那种由衷喜悦。

不管怎么说，这也太不可思议了。一个孩子因她不经大脑的发言而无所适从，即便是无心之举，也不应该毫无察觉吧。就连刚刚过完十岁生日的我，也不由得在心中暗想：母亲的脑子真是不好使啊。哥哥肯定也会同意我的看法，我都听见他咋舌的声音了。

“万岁！万岁！有小宝宝来我家了！万岁！万岁！我有小妹妹了！”

一瞬间，创太无忧无虑的歌声吹散了淹没整间病房的尴尬和沉默。我松了口气，转头望向哥哥，见到他点了点头。而继父更如蒙大赦，拉着创太的手，极不自然地撒起欢儿，一起合着拍子唱歌跳舞。“万岁——万岁——！万岁——万岁——！”那种成年人的声音回荡在周围，听起来无比愚蠢。

后来聊起这段小时候的回忆，创太也只是极为暧昧地不置可否，仅仅回答了一句“可能吧”。说是这么说，但并不代表他心中的记忆已经模糊。因为每次我拉着他聊起过往的小事时，只要说错了一点儿细枝末节，都会遭到他婉转的指正。每当这时我就会想，或许这并不是他记不记得的问题，而是那段过去已经完全掩埋在他心中，就那么保留着完美的正确性，无法进行任何更改，只会随着记忆一天天地不断增加，原封不动地埋在最下面。所以，他才能毫不犹豫地指出我记错的地方，尽管带着克制，却依然看得出他自信满满。

从我们组建了新的家庭并且住到一起开始，创太就比其他人更加雀跃，仿佛对他来说，再也没有比现在更开心的事了。他在屋子里来回来去地跑，无数次撞倒或者踢到什么东西，我们都看傻了。

这时候母亲总是负责将他扶起来。母亲帮创太站好，蹲下身和他面对面，然后说："如果创太受伤的话，母亲会伤心的。"

每当她这样说，创太就会问："为什么呢？为什么会伤心呢？"

母亲一定会回答："因为创太对母亲来说非常非常重要啊。"

"真的吗？"

"真的哦。你来说说看，创太对母亲来说……"

"非常非常重要！"

创太得意扬扬地挺着胸说道，母亲则微笑着轻轻用手捏了捏他的脸颊。一场仪式就此才算结束。

这种仪式无数次地重复着。一开始我们还担心他会摔伤，小心地看着他，后来才渐渐明白，创太那种摔法是不会让自己受伤的，于是便不再把这当回事了。只有母亲，每次都会耐心地抱他起来，叮嘱他要小心一点儿。

“创太为什么总是慌慌张张的呢？”看到创太一次又一次被客厅的椅子绊倒，我偶尔也会烦躁地说。

坐在一旁看杂志的哥哥眼都不抬地回答：“那是他拼命装出来的慌慌张张吧？”

“什么意思？你是说他是故意的？”

“这么说就觉得他更可怜了，毕竟他也是怕被人看出来，所以已经很努力装作不小心的样子了。还特意选在母亲能看到的地方这么干，挺不容易的呢。”

于是我开始重新观察创太。他因一次又一次的摔倒而被母亲教育，一脸认真地点着头的模样，怎么也看不出是那种会故意摔跤的孩子。如果哥哥说的话是真的，那他也太会演戏了，好狡猾。

听我这么说以后，哥哥终于从杂志后面抬起头来，带着一种难以言喻的怜悯表情望向创太。

“像他那样，想要拼命吸引母亲注意力的心情，我从来都没有体会过。”

那是当然，我耸了耸肩。就算不做这种事，母亲的心中也永远为哥哥空着一个位子。甚至连同样是她亲生孩子的我，都清楚地知道在母亲的眼中，我跟哥哥有着完全不同的地位。虽然不明白哥哥为什么会如此特别，但自从我懂事起，便留下了深刻的印象：哥哥对母亲来说，比当年尚且尽职尽责的亲生父亲都要重要。对母亲来说，哥哥与世上其他人都是不同的，她自有独到的方法能将他从人群中区分出来。

有时我甚至觉得，正是因为有哥哥在，母亲才会放心地投身于第二段婚姻之中。在母亲心中，哥哥与其说是儿子，倒不如说是一个可以让她安心依靠的后盾。

“小澄，父亲好像在外面有别的女人了——”扑在比自己小得多的哥哥身上哭泣的母亲，在两年后又以同样的姿势笑着说：“小澄，母亲呢，有喜欢的男人了！”

不论哪种情形，哥哥都只是沉默地握着母亲的手。这种技巧反正我是学不来。当然，母亲从一开始也没指望我有那个能耐。

了解到哥哥对创太的看法后，我也开始留意周围发生的事。不仅是创太跌倒的时候，就连他稍微盯住哪样东西看时，我都会特别仔细地观察他是否带有某种意图。

果然如哥哥所说，创太的行为中显眼的部分，全都是为了吸引母亲的注意。比如，创太常常在母亲能发现的地方摔倒，把东西碰到地上或者干脆弄坏。只不过那些看起来都是寻常的偶然事件，所以母亲也没有生气，只是嘱咐这个冒冒失失的孩子要多加小心。并且每次两人都会上演一遍那套固定剧目：“创太对母亲来说……”而创太当然也每次都会高高兴兴地回应：“非常非常重要！”

还没玩够啊，看到一次我就会不由自主地这么想一次。可惜，永远玩不够的似乎只有创太，母亲慢慢开始糊弄起来。小孩子嘛，做事不懂分寸也很正常，不过在创太身上表现出的则是一种特别的黏人。一定是因为他此前的成长中缺少能及时管教的人吧。

有一次，好像是吃汤面还是什么特别烫嘴的东西，母亲像往常一样嘱咐创太别烫到舌头：“一定要呼呼过再吃哦。”

意思就是让他先吹凉了再放进嘴里。创太于是噘起嘴拼命地吹气，结果吹出了像口哨一样的声音。母亲听见后，轻轻笑出了声。那一瞬间，创太脸上的表情只有“得意扬扬”这个词可以形容。我当时就想：啊，又要开始了。果然一语中的，每当往嘴里送热的食物时，创太就会使劲吹响口哨。母亲在旁边时自不必说，就连她不在的时候创太也吹得非常起劲，仿佛在呼唤母鸟的雏鸟一般。

哥哥和我都尽力无视他的这种行为。尽管如此，不带旋律的口哨声还是像沸腾的热水壶一般让人为之分神。我终于忍无可忍，正要大声呵斥，哥哥却将我拦下，然后他自己也跟着创太一起吹起了口哨。

创太吃惊地看着哥哥，很快发现哥哥并不是像他那样吹气，而是将口哨吹成了一首歌。于是他开始拼命模仿，然而怎么也吹不好，慢慢地，他的脸变红了。

“哎呀呀，我还在想怎么吹得这么好了，出来一看果然是小澄啊。”抱着洗衣篮路过的母亲停下脚步说，“好怀念这首歌呀，是福斯特的《老黑乔》吧？奶奶以前经常唱的。这首歌的旋律很适合用来吹口哨呢。”说完，很久没唱过歌的母亲一边哼着曲子一边继续做家务了。

“创太也吹吹看这首歌吧？我来教你，好吗？”听到哥哥这么说，创太点了点头。于是两个人一起吹起口哨。哥哥吹一小节，创太就跟着学一小节。然而，从他幼小的口中送出的气息很难组成具体的音阶，虽然创太拼命地学着，可最终还是放弃了，慢慢垂下了头。

“怎么？不想吹了吗？”创太没有回答哥哥的问题，我看到他的两只手在桌子下面使劲揉搓着T恤的衣角。我心里想着，他真正纠结的原因应该不是吹不出曲子，而是不管他怎么费尽心机，最后引来母亲关注的始终不是自己，而是哥哥。这样的遗憾是他无论怎样也无法释怀的。

“跟澄生争是没用的啦。”为什么我没有更早一点儿教导创太明白这个道理呢？澄生对母亲来说是特别的，如果从一开始便跟他讲明白，那他大概也不会有所期待了。那么，他大概也就不会像现在这样绝望了。

然而，无可奈何。越是应该尽早下手，越是要到事后才能明白过来，不是吗？

3

千绘出生时，我们高兴的心情有点儿类似于买到了新玩具或者收到了别人送的礼物。我们一次次跑到装着这个小活物的婴儿床旁边探头往里看，怎么看都看不腻。一想到小宝宝是从澄川家翻新过的土壤中冒出的珍贵嫩芽，我就忍不住想去守护她。

创太每次看过千绘之后，一定会再跑到母亲身边，看看她瘪下去的肚子。

“千绘以前真的是待在这里面的吗？”

面对创太如此天真的问题，母亲笑着回答：“真的呀。我第一次见创太的时候，肚子就很大了对吧？那时候千绘就已经藏在里面了。”

“哎？可是，母亲和诚父亲，那时候还没结婚吧？”

“对呀。”母亲再次答道，然后有些奇怪地看着创太。就像其他孩子一样，在他的认知中，也觉得是结婚这个既定事实将小宝宝带到母亲肚子里的。

“明明还没结婚，为什么千绘就跑来了呢？”

“这个嘛……”母亲把脸凑到创太眼前，用手戳了戳他的脸颊，露出小女孩般的恶作剧表情，“是因为父亲和母亲都非常非常喜欢对方哦。只要一男一女两个人互相喜欢，并且非常重视对方而结合在一起，神明就会送来一份礼物，放在女方肚子里。”

创太看上去完全听傻了，直到母亲摸摸他的头，看向他的目光中透出问询的意思，创太才小声嘀咕了一句：“我……我以前都没听说过。”

那种不自觉地带点自以为是的口气真的非常可爱，于是母亲一把将创太抱进怀里，有节奏地轻轻摇晃着他小小的身体。在那一刻，她的眼角带出缓缓下垂的弧度，如嫩枝般纤细的皱纹镌刻出一抹微笑。咖啡帘透进了阳光，将她脸颊上的绒毛照得熠熠生辉。在那一刻，我由衷地赞叹着，自己的母亲是如此美丽。在那个瞬间，我感觉到她对映入眼帘的一切事物都饱含着爱意。

从千绘出生到哥哥去世的五年间，是我们这个家最幸福的时光，这一点毫无疑问。每一天都平凡而又和睦，也正因如此才珍贵得无可替代。我们自己也很清楚，生长于这样一个美满到甚至让人感觉有些无聊的家庭，是一种奢侈。然而，我们都假装对这种恩赐视而不见，以便心安理得地过得更奢侈些。一面大肆炫耀着家庭成员间的感情之深、关系之牢，一面又表现得这是理所当然的。或许，我们就是想要展示自己在家庭幸福领域无人企及的优越感；又或许，我们是有了一种只能趁现在尽情挥霍的不祥预感。

对我们来说，身处于幸福之中的同时，能够明确自己的幸福也是至关重要的。像是前妻突然病故的诚父亲，还有被前夫抛弃的母亲，这些歇斯底里地痛哭过的大人，更是身体力行地向小孩子传授这一点。他们两人所认同的共享未来的方式，就是从里到外将所有跟这个家有关联的部分都用幸福填满，并且尽可能切实地感受到这一点。尽管他们应该比任何人都清楚，越是无可置疑的幸福，越脆弱。

“那个……那个，他们说小小夜的母亲在生小小夜的时候死了。”

开始上幼儿园的千绘，不知从什么地方得知了玩伴的情报，并且告诉了创太。与面对年龄相差很大的我或哥哥完全不同，这两人结成了特殊的亲密关系，总是兴致勃勃地分享着彼此的小秘密。不过他们从来不挑地点，所以也有可能是说给我们听的。

“我真正的母亲也在很久以前就死了。”

创太所说的话让千绘大为惊讶：“哎？！那……千绘的母亲不是小创的母亲吗？”

“是我的母亲呀。”

“可是，你不是说真正的母亲已经死了吗？那不就……”

“因为父亲和母亲非常非常重视对方，所以神明就让他们有了真正的小孩。我也是这样，被重新放进母亲的肚子里，然后生下来的。”

“哎——这样啊。”千绘认真思考后似乎接受了这个说法。而碰巧路过的我则完全无法理解这对话中的逻辑走向，也不知道创太是用什么表情说出这段话的。唯一能够确定的，就是以他当时的年纪，一定能够意识到这些话是自己编的。此时此刻，幸福依然维持着完美的形状。

刚上初中的时候，有人跟我说“澄川的家人真是美丽啊”。说这话的是一个大我一岁的男生，我对他抱有一种连爱慕都算不上的淡淡的感觉。当时，身边有前辈注意到了这一点，并且给了些建议，于是我们就仅仅在上下学那点时间里一起装装谈恋爱的样子，算不上真正在交往，能有点儿胜过玩游戏的悸动就不错了。我也不过是受大家的鼓动，才去跟这个能一起上下学、外表不错的男孩子打招呼而已。虽然明知是游戏，但看着因紧张而结结巴巴的我，他还是一边苦笑一边答应了。不知从何时起，他也逐渐出现在我的家中，他的面前摆上了待客的清茶，以及母亲亲手做的点心。这个一直盯着点心和茶杯的男生，好像是叫丸山君吧。

“这样的东西我从没吃过，也没见过。”母亲问他口味如何时，他总是红着脸这样回答。如此一来，母亲就会满意地点点头，说一句“请慢用”，然后留下我们两个单独待着。

“平时你都吃这种点心吗？真厉害。”

“哪里厉害？不过是戚风蛋糕而已，之前吃的也是随便什么地方都能买到的芝士蛋糕嘛。”

“不是蛋糕本身的问题啦……”说着，丸山环视四周。他平时都是在客厅待着，从没有去过我的房间。母亲的看法是：淑女就应该这样。其实只是因为我的房间太过杂乱，完全不想让别人看到那些欠缺整理的生活用品而已。

“该怎么说呢，就是各个角落的氛围吧。”

“什么氛围？”

“一两句说不清啦，也不是说有多华丽，或者多整洁……总之就是一种非常好的家的感觉。”

“非常好的家？是那种有钱人的家吗？”

“这当然是一方面，但也不只是这样……”他一副努力寻找着适当词语的样子。如今已经成年的我，终于可以帮丸山君想出那句话了。我想他一定是想这样形容我家——具有品位独到的生活感，一个充满深厚韵味的家。

的确如此，我也非常赞同这种说法。并不是消除人们在生活中留下的痕迹，事实上，正是加入的人的气息，才提升了这个家的价值。就像长年使用的家具历经长久的磨合后，总带有一种说不出的安心感，那温润的光泽仿佛能够令人看到居住在此的人用那双温暖的手抚摸着它们的景象。但这些并非来自无忧无虑的生活，我们的家，更像是用每一位成员支离破碎后又被时间打磨掉棱角的心拼合而成的作品。窗棂上的油漆不是自然脱落的，而是故意涂出做旧的感觉，门廊上的水泥也不是久经风雨才出现裂痕的，而是特意做成有年头的样式。总而言之，所有的细节都是费尽心思、下了功夫的。并且每一个这样的地方，都犹如母亲亲手做的那块蛋糕一样，标榜着家庭的温暖。

这个家需要活人的气息，我们这些小孩也凭自己的直觉发现了这一点，于是会不时地为此努力，发挥各自的作用。于是创太格外欢快地追逐着妹妹，于是千绘也尽其可爱之能地向他撒着娇，于是我用手支着腮帮子，有点厌倦地看着他们闹作一团。而此时的澄生盯着手中的书本，连眼皮都不抬一下，任凭合家欢乐的幸福时光从眼前流逝。母亲脸上则露出了无比满足的笑容，继父则从后面抱住了微笑着的她。啊，诚父亲这样的动作就算是“最后的润色工作”了吧。明明我还这么小，却已经有如此感想，看来我真是个讨人厌的孩子呢。不过，若要说起来，在场的所有人，都够讨人厌的。

身在此种境地之中的丸山君，深深地叹了口气，无限感慨地说：“澄川的家人真是美丽啊。”

从丸山那样置身事外的立场来看，当时的澄川家，的确是完美无缺的。如果能将完美的澄川家一直保持下去，那么家族的历史就圆满了，就会最终印证曾祖母说的那句话，得以完美落幕。然而不幸的是，天不遂人愿。

“听说那个澄川前辈就是你的哥哥时，我真的吓了一跳，完全没想到来你家做客会突然看到他走进来。”

“是吗？可是澄川这个姓氏也不怎么常见吧？”

“话是这么说，但不知怎么就是没把你们联系起来。毕竟初中三年级的澄川澄生前辈是多么有名的一个人，却那么随意地……”

我跟丸山正在客厅里坐着，哥哥走进来，伸手从桌上的盘子里拿起一块母亲烤的饼干，咬了一口又皱着脸说：“呜哇，赌错了，这是姜饼啊，剩下的你吃了吧。”然后让人非常难以置信，哥哥把自己吃剩的饼干递给了身为客人的丸山。客人丸山下意识地接过来，随即呆立当场。我跳起来从他手中抢下饼干，一把塞进自己嘴里。哥哥看着我惊慌失措的样子，边笑边跑上了楼。真是少见像他这样的人，总是能若无其事地做出惊人之举。

毫无疑问，像丸山那样把哥哥说成名人是夸大其词了，不过哥哥确实挺有名的。其实他并没有什么值得表彰的优秀之处，也没有能够在人前崭露头角的一技之长，无论外形还是举止，比他优秀的男生比比皆是。尽管如此，在一群穿制服的人中，他还是最出众的那一个。每当他有所动作，周遭的空气就会随之流动，人们的视线也就再难从他身上移开。我想大概没有人能说清缘由。或许，那就是人们现在所说的明星气质吧。但是哥哥自己却无意四处挥洒这种气场，甚至有可能他一直都在刻意压制。正因如此，他整个人变得独具风情。

明明有着相同的姓氏，却完全没有将我跟澄生联系起来，当时我只觉得这样的丸山君实在太不细心了。现在回想起来，反倒为自己的傲慢苦笑不已。想想那时的我，理所当然地认为同在一所学校而不认识澄川澄生的家人，一定是两耳不闻窗外事的书呆子。这种自负感就好像我们兄弟姐妹是澄生带在身上的幸运念珠一般。何等愚蠢，何等滑稽，然而，又是何等为这个哥哥骄傲。

“总觉得就是因为有澄生在，这个家才算得上完美。”母亲如此说道。坐在一旁的继父听了，略带讽刺地说：“喂喂，我可要嫉妒了啊！”这样半开玩笑地表达着自己的不满。

母亲则回答他：“缺少了阿诚，我就活不下去；但缺少了小澄，我就无法感觉到自己是不是还活着。”说完还冲哥哥问：“对吧，小澄？”

哥哥耸了耸肩，道：“我可不想当别人活着的理由。”

“就是就是，你这么说会让孩子感到为难的。”被继父说了两句，母亲像小女孩似的鼓起脸颊，不服气地回嘴：“可是，小澄的作用就是那样啊。虽然我们家的孩子都很可爱，但他们每个人的可爱都是有不同用处的。”

听到母亲这样讲，创太马上满怀期待地问：“那我呢？母亲，我呢？我有什么作用啊？”

母亲发出“嗯——”的声音想了一下，然后和创太额头抵住额头说：“创太的作用，就是‘万岁万岁族’啊。”

“是这样吗？！”

“没错，只要看到创太蹦蹦跳跳地喊‘万岁’‘万岁’，我就觉得可爱得不行。”

“原来是这样啊——那真澄姐姐呢？”

母亲歪着头嘀咕“真澄啊……”的时候，我悄悄离开座位回到了自己的房间。反正她搜肠刮肚找出来的那个词，没有任何意义。若无其事地表明自己并没有特别期待，是一种礼节。我认为，她的确是爱着家里的每一个孩子，然而只有对哥哥的爱才有着清晰的轮廓。

4

母亲一开始被送到了急诊医院。一整天都赖在床上的她突然开始呻吟，当时我正在院子里捣鼓些园艺类的事情，只见千绘慌慌张张地跑了过来。“母亲死了！”我被她的喊声吓了一跳，急忙冲到卧室，母亲正对着创太两手撑开的便利店塑料袋呕吐。

“怎么了？食物中毒？”我问创太，他摇了摇头。

“母亲从早上开始就什么都没吃，大概昨天也是……”

“她昨天没吃东西吗？！”

“不知道啊，可是她这样不是很久了吗？母亲都不怎么吃东西了。”

正如创太所说，母亲每天的餐食日益减少，当时已经减到了差不多只有一片吐司的量了。而且还是在孩子们的监督下，非常不情愿地咀嚼吞咽，那样子仿佛在受刑似的。这让我再也想不起曾经的她——那个每餐都要在餐桌上摆好精心挑选的朴素餐盘的她，那个说着“吃进身体的东西决定了一个人的样子”的她。

“母亲以前明明那么贪吃……”

哥哥去世两年，母亲几乎变成了只靠酒精活着的人。食物是身体活动的原动力，不吃饭人肯定会渐渐羸弱下去。她的手腕已经比十二岁的创太还要细了，手指也像被啃过的鸡爪子一样。这个比喻是千绘在餐桌上想起的，然后下意识地脱口而出。结果就是她被创太当场训斥了，尽管千绘马上道歉，还是被创太敲了下头，最后她大哭起来。真是一顿乱七八糟的午餐。而母亲就坐在旁边，举着酒杯，看着这一幕露出微笑。为什么她还笑得出来呢？由于身体原因，她已经吃不了摆在眼前的快餐食品了，再说引起这场混乱的不正是瘦成人干的母亲吗？

“母亲必须要吃东西啊。”我将餐盒推过去。她说着“是呢”，结果只吃了一半炸薯条又回到了老样子。刚开始这样就可以了，我心想。哥哥死后，我逐渐适应了现在的生活，也开始一点点地关心她。没办法，我也只能一边妥协一边接受现状。不能再像之前那样把她推给创太了事了，而且我渐渐发现，自己也无法再做出那种行径了。

有段时期，母亲和创太仿佛完全沉浸在二人世界中，无法自拔。只要一有时间，他们就黏在一起，大多时候是在客厅之类的公共空间，但偶尔两人也会在卧室里兴致勃勃地聊天。

很多时候，只要我从屋门大敞的卧室路过，便会听到里面传出两人交谈的声音。基本上都是喝醉了酒的母亲絮絮叨叨说个没完，而创太则非常耐心地给予着回应。以至于我时常会忘了自己应该为被分走的重担而心怀感激，甚至由衷地为他们能聊得下去而惊讶：真的这么喜欢母亲吗？

母亲的话大多痴痴傻傻，并不是那种适合跟小学男生聊起来的内容。其中一部分是平日里她对周遭的不满，一部分是卧室里播放的电视节目有多无聊，偶尔还有对我的亲生父亲，也就是她前夫的恶言恶语。当我听到关于自己多么不中用的争论时，真想把一直以来积攒的郁愤之情全都发泄出去，不过最后我还是忍住了。多亏了创太一如既往地顺从地陪伴着她，家才能维持眼下的平静，没有闹翻天。我竭力装作什么都没听到的样子，从卧室门口走了过去，悄悄地在心里向创太说了声“抱歉”。

然而那一天，我的脚步停了下来。当时，我正准备去父母卧室对面的洗衣房，跟往常一样，卧室的门敞开着。越过怀抱的待洗衣物，我瞥见了坐在床边听母亲说话的创人的身影。那个瞬间，我不由得感叹，创太表现出的忠诚已经远远超过了博取母亲关心该有的程度，我为此不可思议地耸了耸肩。

“为什么呢？”母亲啜泣的声音传过来，我连忙背贴着走廊的墙壁，藏了起来，小心地朝卧室中窥视。这还是我第一次目睹他们两人在卧室的情景。

床上的母亲上半身穿着起居服坐起来，脚边则是眼睛都不眨一下地看着她的创太。

“为什么呢？”母亲继续说，后面的话使我简直不敢相信自己的耳朵，“为什么不是你，而是澄生？”

创太什么都没有回答，也不可能答得上来。

“小创，你也是母亲的宝贝哦。可小澄是不一样的。为什么偏偏就是小澄呢？”

母亲的这句话仿佛是硬从嘴里被挤出来的一样。而她的那张脸，有着我从未见过的丑陋。所有的部位都被泪水打湿了并且扭曲着，最终组合成了令她不断饮酒的理由——自然不是贪图酒精的享受——而是耻辱。然而我却想大声疾呼，让所有人都来看看：这个人，就是我的母亲啊！这到底是怎么回事啊？！这或许是我有生以来第一次发自肺腑地承认，自己的血亲是个悲哀到极点的人。我那时已经有了预感，能让家中充满新鲜出炉的松软蛋糕香气的母亲，再也找不回来了。

“小澄不在以后，我身边的很多东西都变了，越是喝酒，越感觉这个世界奇怪。”

听她这么说，创太小心翼翼地劝道：“母亲，别再喝酒了吧？”

而母亲对这个提议的回答，则是激动地掷出了手中的酒杯。酒杯越过了创太的头顶砸到身后的墙上，好在法国产的玻璃咖啡杯非常结实，完好无损地掉了下去，只是把边桌上造型纤细的玻璃香水瓶砸了个粉碎。碎片伴着华丽的声音四散开来，其中一片划破了创太的脸颊，转眼间渗出了血。

“对不起，母亲。”创太低下头，擦了擦脸颊说道。

母亲把脸埋进手心里：“不是的，该说对不起的是我。我也知道光一个劲儿喝酒是不行的。可是，我已经不知该如何是好了。一开始还是因为小澄的死，可现在我都不知道是为了什么，只觉得不喝酒就活不下去。那种活力……那种活力我已经没有了。”

在母亲的呜咽声中，创太一动不动默默地咬紧着嘴唇。就在我猜测着这样的场面要持续多久的时候，他终于站起身，走到了母亲身边。

“母亲。”创太小声呼唤道。然而母亲只是一味地哭泣。看着母亲的样子，创太的脸颊慢慢变红了。从我的角度看过去，他就好像憋着气一样，几次都像是要开口，似乎又胆怯地闭上了，似乎是在踌躇要说出口的话。

“……万……”终于，创太发出了声音“万……岁，万……岁。”

我一下明白过来创太想说什么，那是毫无意义却又至关重要的咒语。

“万岁，万岁。万岁，万岁。母亲！万岁，万岁。万岁，万岁。万岁，万岁！万岁，万岁！母亲！万岁万岁万岁万岁！”

创太不停地大喊着，不知何时又哭了起来。他的脸色通红，整张脸被血和眼泪弄得黏糊糊的，却始终用直挺挺的姿势站在母亲旁边，和着不可思议的节奏大喊。

我转身走开了，然后在洗衣房的椅子上坐下来，把脸埋进怀中抱着的衣物中，很长时间一动不动。时不时我也会感到有泪水涌上来，却都咬牙忍住了。我觉得自己没有哭的资格。

我重新回想起了那些长久以来自己都视而不见的细节，然后发现自己一直在假装若无其事地将照顾母亲的重担推到创太身上，并且刻意不去想唯一跟母亲没有任何血缘关系的他会作何感想。以及继父，我跟他之间的信任也不过是表面的，我从不曾真正敞开心扉地同他商量过这些问题。一瞬间，无数的事情涌上我的心头。

然而，为什么呢？我们不是一个标准的幸福家庭吗？那又为什么，会有如此多的麻烦事喷涌而出呢？家里不是仅仅死了一个人而已吗？

我想将这一切尽情哭喊出来，然而也心知肚明所有的抱怨都毫无意义。

为什么呢？因为死的是澄生。

现在，我们这个家中所有人的所作所为，都只是正确地遵循了澄生死后该有的崩溃方式而已。如果换作我死了，一定会有不同的崩溃方式吧；如果是创太死了，作为失去了他的家人，则是另一种崩溃。不过想这些也没有意义。反正我们只能继续活在澄生死后的现实中。

至于母亲会说出“为什么不是创太而是澄生”，这简直再正常不过。在我看来，澄生的死恰恰是一件必然会迫使她说出这种话的事，这才是她正确的悲伤方式。只是太过正确的愤怒与悲伤总是会践踏人心的。母亲，你唯独不该做的，就是将创太拖进那个你为澄生创造的死亡中。

自那之后，不到一个月的时间，母亲就被抬上了救护车。

对着创太撑开的塑料袋吐个不停的母亲，终于保持着正坐的姿势，面朝下扑倒在床上，身体折成奇怪的姿势，并且开始发出动物一样的吼声。千绘吓得浑身发抖，紧抓住我不放。我这才明白过来现在不是傻愣着的时候，问题不会自己解决的，于是我有生以来第一次自己叫了救护车。

继父接到我的电话从公司飞奔回来，几乎与救护车同时到达。他直接跟母亲去了医院，我们几个小孩则在家里等着。

剩下的三个人，很长一段时间都呆呆地站在玄关前面。轻微的水滴声叫醒了我，我回头一看，站在旁边的创太还拎着装有母亲呕吐物的袋子，胃液似的东西正从里面漏出来。澄生这个笨蛋，我想着，这种脏东西跟香槟哪里像了。“创哥哥，好脏啊，快丢掉！脏脏走开！[1]”千绘喊着这句话跑回了房中。

母亲非同寻常的痛苦似乎是由胰腺炎症导致的。只在急诊室住了一晚，症状就难以置信地缓解了。继父回家后放心地告诉我们：接下来预计还要在医院住个两三天，不过应该没什么

1 脏脏走开：一种日本小孩子之间的游戏，喊出这个象征着对某种污秽的防御、避免传染。

大碍。听到这些，等在家中的我们总算松了口气。

然而，最坏的情况在两天之后显露出来。

本应该安安静静打点滴的母亲，突然精神错乱地爬上了医院的屋顶，连警察都出动了，医院打来电话要我们赶紧过去。继父接到电话险些昏倒，他只告诉了我一个人，便慌慌张张地叫了辆出租车赶往医院。

据说，母亲奇怪的行为是因为点滴中的药物将酒精从体内排出后，造成的一种叫作“戒断反应”的情况。她确确实实是病了。开始被她当作药物来依赖的酒精，到头来却一点点征服了她。那种美丽的液体，再也不是她的朋友了。

继父找了个只有我们两人的时间，向我说明了母亲的情况。她会先被送到市内的精神病院去住三个月，这期间弟弟、妹妹和这个家都只能交给我了。

“只要有空，我也会……”继父讲到这里，双手掩面，像是在忏悔一样对我坦白。

为了从泡沫经济崩溃后的低迷中拯救公司业绩，继父一直在拼命工作，因此在澄生死后没能足够留意妻子的痛苦。虽然早就发现妻子的酒量在不断增加，但也只是放任地大而化之。对生活的忽视，导致他没能将眼前的事与疾病联系起来。并且最重要的，是其他三个孩子明明如此努力，母亲却因为澄生的死而完全漠视他们，这令他感到无比愤怒。

“我竟然还想着这是无色无味的，应该不至于像伏特加那么厉害。”

“我不想失去她。”继父说着说着哭了起来。而我这个临危受命的“可靠女儿”也只能默默地看着他。

是不是太晚了？还是说尚且有机会？无论如何，不管好坏，继父新的人生就此开始了，母亲也一样。最后，这到底算不算值得感激的事呢？曾祖母依然在看着我们。抱着这种想法的我，当时，还只是个高中生。并且，只是在一群或许明天就会死去的人的包围下，活着而已。

CHAPTER 2 创太

1

与许久不见的大学同学松尾聚会时，我被问了到最近在交往的女人，我回答“是个寡妇”，他们立刻发出“哦哦”的感叹声。四下里一时连声响起“厉害呀”“在哪里认识的”“什么样的女人”……面对问个不停的他们，我什么都没回答，只是默默地微笑。怎么可能告诉你们?！其实就在三年前，你们这帮家伙还吃过那位女士做的咖喱呢。没错，正是那个在大学食堂工作的大妈。我很容易就能想到他们听完之后会显露出惊愕的表情。她说自己刚过五十岁，而他们一定会想：还能跟这种年纪的女人交往啊。不过我已经准备好了，万一真的被这么问，就爽快地回答：能啊。我对女人的要求并不包括年轻这一条。

吉武真知子，在我以前待过的那所大学的食堂工作。学校里面有好几处吃饭的地方，几年前才翻新过的美食餐厅窗明几净，功能性也很强，还有越来越时尚化的咖啡厅，深受女生喜爱。可唯独只有那里，一直保留着传统学校食堂的乐趣——那便是拯救贫困学生的价格与菜量。再加上味道也不算差，所以深受总也吃不饱饭的我们喜爱。而最重要的是，那边的工作人们员给人的感觉都非常好，特别是那几位大妈，其中一人便是真知子。

所有人都喜欢她，当然也包括我。赶在快关门时过去的话，她会送我很多东西。比如，点个一般的咖喱会偷偷帮我换成可乐饼咖喱套餐，或者在我的天妇罗荞麦面里加点厨房剩下的竹轮。不过，光是这样的优待还不至于使我们变成男女朋友的关系。

成为那种关系，是在我大学毕业成为上班族以后。有一次，我因公外派路过大学，当时已经过了午饭时间，看着学生时代常去的食堂一时有些怀念，于是我决定去里面吃点东西。在自动贩卖机上买好餐券，抬头一看，上面挂的还是我上学时的那块老招牌，手写字体的“老妈食堂”几个大字。不管大学里其他地方如今改进成什么样子，这里依然留存着我们从前辈那里继承下来的古老而美好的乡愁，这种无法言说的情怀令我感觉无比沉醉。

老妈吗？我想着。真的会有人这么叫吗？如果是真的，那又是怎样的一群女性会被人这样称呼呢？我完全想象不出，因为从来没有见到过。

与父亲再婚而成了我母亲的人，自十五年前亲生儿子澄生死后，她的身心便随之崩溃。自那儿之后她又通过两年非常行之有效的饮酒方式，终于昂首迈进了酒精依赖症的大门。“行之有效”这种说法可能太过讽刺了，不过我还是想说，她那种喝法真是我所见过的最为事半功倍地患酒精依赖症的办法了。每天清早起床就是为了喝，然后这样开始每一天，很快就能成为她那样了。当然，任何人都不是自愿变成那样的。

从第一次住院到现在，她在医院和家之间来回也有七八次了。那种戒断后再次开始饮酒的行为有个专用名词——slip，听说这种情况反复出现的患者，一般都会在五十岁左右死于与酒有关的各种疾病。讲到这一点时，继母的医生还特意列举了谁谁、谁谁谁和谁谁等几位名人，这令我对那个医生无比憎恶。他告诉已经不用住院的继母："你到了五十岁就会死。"这让她预感中那淡淡的不安有了清晰的轮廓，并以此将她彻底击倒了。

我和姐姐真澄都听到了医生的话，所以当我们发现回家没多久的母亲再次饮酒时，不由分说便把她送回了医院。当时她醉倒在厨房里，碰巧赶上真澄偶然回家，真是帮了我的大忙。不知道是不是因为跟男友分手了，所以时间上比较闲，她时不时就会回家来。虽然也有让人心烦的时候，但老实说，剩我一个人，实在有些不堪重负。

曾有一次，我帮喝得烂醉的继母换了衣服，可等她恢复意识后却把我大骂了一顿，说不想让男人看到自己的裸体。男人吗？我耸了耸肩。以前我还是男孩的时候，并没有看过这个人的裸体，那时我都是跟父亲和死去的哥哥澄生一起洗澡的，果然还是与不会有任何不自然的男同胞在一起更让我开心。那时的我作为"万岁万岁族"的酋长，胸中满溢着天真的自豪感。

我是真的很想教训一下那个医生，想告诉他多说废话是会给自己找麻烦的，想冲他吼：“别把人的死一概而论！”然而真澄拦住了我，随后我也冷静了下来。

“在旁人看来，死的确是能一概而论的。医生们更是如此，死亡对他们来说只有数字上的差别，并不需要费心去想什么。”

“即便如此，很多事都还不确定，怎么能就这样宣告别人的死期……”

那个可恶的医生，居然说什么只能活五十岁左右。继母她，如今多少岁了？

“真澄，母亲现在……多少岁？”

“五十四？”

已经超过那个“左右”了。那么，会是什么时候？明年吗？后年吗？一想到继母的生命不知何时会迎来大限，我就觉得满手是汗，简直像坐在眼看就要坠入绝望谷底的过山车上。可是，为什么事到如今我会有这种感觉呢？明明很久以前我就已经在母亲面前超脱出这一状态了，明明习惯了她无数次陷入假死状态，然后又无数次醒来。

“创太，在母亲这件事上，我们怎么挣扎都是没用的。就算医生不说那些话，那个人也会想尽办法再开始喝酒的。就连诚父亲劝她也毫无意义，只会换来恶语相向。所谓依赖症，就是这种会不停地为自己找借口的病啊。”

真澄在对待继母的问题上总是能保持某种特别的冷静。这与她们是亲生母女不无关系。也只有在血脉相连的前提下，才能放心地做出这种冷酷行为。对我来说当然是想都别想。因为——虽然没有对任何人说起过——但我的继母，不知从何时开始，不再是母亲了，而变成了美加母亲。

我记得那是继母第一次住院结束后又过了一段时间，周围到处都在谈论着即将到来的千禧年。

澄川家也终于找回了一点点光明。出院之后的继母一滴酒都没碰过，而且也一改以前那种对日常生活弃之不顾的态度，完全像变了个人似的。何止如此，她甚至比澄生活着的时候更爱干净了，把家里到处都收拾得闪闪发光。

时隔这么久能再次生活在飘浮着清洁感的空间内，所有人一开始都很开心。然而，这之中的所有人又都不再像以前那么喜欢待在公共空间了，大家一有机会便避之不及地逃回自己的房间。曾经供大家团圆欢乐的客厅、餐厅、连接院子的门廊等地方，不知何时开始有一种疏离感在徘徊。看来昔日的欢笑还是没有回来。

继母虽然找回了令这个家重归完美的技术，却失去了用爱营造生活气息的能力。所有人都知道，那个将美妙感觉融于若有若无间、留待有心人发现惊喜的家，已是可望而不可即了。然而，没有一个人试图把这件事说出来。这大概是因为大家都在怕一旦说出口，继母就会再次开始酗酒。

当时，始终注视着继母的人就只有我。所以我能看到别人所不知道的她——在背阴的角落，有事就在我眼前心神不宁地摆弄着双手，仿佛有很多时间却不知该如何打发似的。于是，我偶尔会跳起来，会突发奇想地将沙发上叠好的毯子弄乱，或者从花瓶里插着的玫瑰花上揪下两三片花瓣撒在旁边。这并不是在捣乱，而是帮继母进行最后的工作。连我这个小孩都渐渐明白，这个家中欠缺着什么。

继母察觉了我的行为，看向这边，然后对我说道："小创，你这样做会增加母亲的工作量呀，再怎么收拾也收拾不完的。不过我想这大概就是小孩的作用吧。"

我并不是有意弄乱它们的，我……只是焦躁不安。

"不是的，不是的。我觉得，像以前那样的家也不错啊。你看，以前家里的毯子不就像现在这样乱糟糟地团着吗？书啊，本子啊之类也都是摊开放在桌子上的。"

继母将一边的眉毛抬了抬。那种带着明显刻薄神色的表情，是她住院以前我从没见过的，这令我突然慌张起来。

"给我用一下。"继母说着从我手上抢过毛毯，角对角地重新叠好，随后对着拼命想着到底犯了什么错的我说，"小创说的团成团的毛毯，就只是一块不规矩的毛毯而已。"

当时我并不明白那句话的意思。不过，我现在明白了，只是一块不规矩的毛毯。所有我自以为是为继母做的事，也都是如此吧。说到底，也只有澄生能把拉尔夫洛朗的毛毯弄成她赏识的样子。而失去了澄生的气息，这家中的每一分凌乱对于恢复了本来面目的她来说都难以忍受。

面对继母责备的眼神和口吻，满心困惑的我只能低下头。那时候的我明明已经是初中生了，却还是会因为她的一举手、一投足瞬间变回胎毛都没褪的小婴儿。仔细想想，从成为这个人的儿子以来，便是如此，已经很长时间了，我一直都是一个没有安全感的小孩。在见到新母亲时，我就像是在街上到处游荡迷了路的孩子，眼看就要哭出来的时候，终于被人找到了。现在想想我就会不由得苦笑，那时的自己真是太傻了。无论何时、无论什么事，我都硬要当个无可挑剔的继子。

“母亲，我不乱扔东西了，我会帮您收拾的。”

继母听到我的话以后，露出了微笑。啊，她终于对我笑了，就在我这么想着的时候，母亲说道：“小创，从现在开始，叫我美加母亲怎么样？”

当初来这个家的时候，澄生宣布了一个决定——让我们管父亲叫“诚父亲”。虽然我至今也不想明白他这么做是出于什么考虑，但是一想到能跟新哥哥共享我的父亲，我就觉得非常开心。奇怪的是，我甚至还觉得有点光荣。仿佛是向比自己大很多的兄长和姐姐供奉上了自己的所有物一般。从那个瞬间开始，父亲就不再是我一个人的父亲了，而成了包括尚在继母肚子里的千绘在内的四个兄弟姐妹的共同财产。没错，对那时幼小的我来说，这个新家的一切，都是无论如何也不想失去的宝贵财富。毕竟当时我还不知道命运总是会瞄准人们最珍视的财产下手。

当初继母可是毫不犹豫地拒绝了我们称她为“美加母亲”的提议。我记得她说：“只想当母亲。”

“我不要。我不会叫美加母亲的。”

“哎呀，”继母耸耸肩说道，“为什么呢？”

“因为母亲就是母亲啊。”

“小创，”继母用一种温柔到不自然的声音唤着我的名字，然后用双手捧着我的脸，“小创，你好奇怪啊，明明已经是初中生了，怎么好像又变回了小宝宝似的。一直‘母亲’‘母亲’地叫着，时刻不离地追在我后面守着我，就好像我会扔下你不管似的。母亲呀，已经没事了呢。我之后只要按时去医院，再跟得了同一种病的人聚一聚、说说话就好了。”

“可是……可是，母亲就光是打扫房间……”

我的话才说到一半，继母突然一把将桌子上的碧然德滤水壶扫到地上，随即冲着因惊恐而不断后退的我怒吼：“我有什么办法！我就是闲得难受啊！”

“闲得难受？”我不由得重复了一遍，而继母回答我的方式就是，慌乱地看着洒在地板上的水，抱着纸巾盒跪下身去，一只手不停地往外抽着纸巾，另一只手捂着呜咽的嘴。

“母亲，我……我可以叫，我可以叫美加母亲！”

“不用管那个了。对不起，小创，我说了奇怪的话。”

“没事的，我会叫的，我以后都叫美加母亲！”

“不要叫了！”

不会叫出声的，我在心中暗暗发誓。然而，继母已经在她说出那句话的时候觉醒了，就是那个曾经被她说“像替代品一样”而无比厌恶的称呼。

2

“这不算什么”是真知子的口头禅。我们刚开始交往的时候，她就经常在我一本正经地说话时，突然甩出这么一句，噎得我哑口无言。不过渐渐地，我也就不太在意了，毕竟她嘴上虽然这么说，终究还是会很用心地听我说话。那句话不过是用来插科打诨的，为了让我们之间的气氛变得更加轻松。啊，真是好喜欢这种感觉，我心想。从那时起，这句话便成了我的日常生活中不可或缺的一句话，就像“你好”“谢谢”和“再见”一样。唯一的区别是，这句话只有从真知子的口中说出来才能发挥作用，换成妹妹千绘这么对我说，我一定会愤怒至极。

第一次听到这句话，是在我留宿于真知子的老公寓时。我找了个被龙洞的恶寒冻僵了身体的借口，之后我们便裹着被子抱在一起。

事后，我马上说：“啊——竟然变成这样了，吉武小姐，真的没关系吗？”

与年龄相差如此大的女性有这种意外，我自己都有点儿困惑，所以我向她问道。结果真知子就着把脸埋进枕头的姿势，趴在床上对我挥了挥手，然后回答：“这不算什么……不算什么。”

听到这句话，我一下子觉得轻松了很多。这真的不算什么大事吗？还是说她不想让自己难堪而在我面前逞强呢？要是这样的话，那她也太可怜了。虽然我从没觉得自己是那种凭着年龄优势占成年女性便宜的讨厌家伙，但此时此刻，我还是不可否认地感觉到，这样对她来说或许有一点儿不逊。

不过，当真知子抬起头时，我才意识到，她是一位远远超乎我想象的女性。她脸上浮现的表情，就只有享受了半推半就后的心满意足而已。

“肚子饿了吧，澄川君？要不要吃点什么？”

我点点头，心想她既然这么说了，那我就先从被子里爬出来吧。可这时真知子已经用惊人的速度将亲手做的凉面摆在了床桌上。哪有冬天吃凉面的啊，喂！

“现在这个季节，应该吃热乎乎的煮面才对，不过刚才那么激烈地交合过了，还是吃点冰冰的凉面吧。”

真知子出其不意的话着实让我吃了一惊，吃到嘴里的凉面滑进嗓子，呛得我当场咳嗽起来。她还在旁边温柔地问我：“不要紧吧？”

“我还是第一次听人说出‘交合’这个词。”

“哎？可是，你不是第一次吧？”

那当然了。她该不会把我当小孩看了吧？那个瞬间，我真有点受伤。

“那不是什么上得了台面的词吧？”

听到我略带责怪的话，真知子愣了愣，说：“才没有呢。交合（まぐわう）这个词，汉字的本义就是情投意合，再加上一个送假名‘う’，你不觉得从字面看起来很美好吗？比你们经常说的‘干’有韵味多了。”

“我又没那么说过。”

“你说过，在食堂跟松尾那帮人一起聊天的时候说的。”

“我只是听他们说说而已啊。”

“好吧好吧。”

真知子完全置我的解释于不顾，大声吸溜着凉面。我满脸嫌弃地盯着她看了一会儿，最终还是被她那诱人的吃相带动，再次拿起了筷子。

其实，那碗凉面真的很好吃。匆忙做好的调料里拌入了温泉鸡蛋，味道醇厚得令人惊讶。问过她才知道，那种鸡蛋是从她丈夫的老家送来的，即便她已经当了这么久的寡妇，他们也还是会定期送来。

“您先生是什么时候去世的？”

“嗯……距离现在已经有十年了吧。”

“怎么去世的？”

“自杀。他一直都患有抑郁症。”

“抱歉。”

见我道歉，真知子瞪大了眼睛，随后慌忙摆了摆手。“没事没事，不用介意的！这不算什么……不算什么。”

明天刚好连休，于是我当晚就住在了真知子的房间。这是她卖掉跟前夫共同生活的房子而买下的一间二手公寓。这间老旧的两室一厅中，虽然凌乱，却遍布着她所喜爱的东西，让人充分感受到了一个人住的好处。自此以后，因为非常享受于那个公寓中的氛围，我便会时不时地去她的住处造访。于是，原本只是打算玩玩而已的两个人，一次又一次地约会，最终变成了现在这样。

我对真知子的了解也一点点多起来，只不过都是些琐碎小事，与她的过往毫无关系。比如，她阳台上养的花草是什么品种的，她喜欢的书籍和电影的类型，休息日喜欢去哪里散步，每周只吃一次就好的年轮蛋糕店，等等。从想要了解一个人的角度来说，这些情报也太过无关紧要了，但我总觉得她的那些往事，自己还没有资格打听。明明只是恋爱关系而已，别太深入了，我这样告诫着自己。虽然在内心深处我也察觉到了，这样的想法与她的年龄不无关系。

我将两人闲聊时不小心透露出来的关于真知子的情报都悄悄放进了心里，随着我们见面次数的不断增加，积攒下的东西竟然多到了令我始料未及的地步。这样的我，竟然会如此了解一位女性。

不过仔细想想，对于她，我能够把握的东西其实只有非常少的几样。她是一位前夫自杀而亡的寡妇，靠着前夫留下的一点儿遗产和在大学食堂工作赚来的薪水度日，依然与前夫的家人保持着联系，没有孩子。仅仅到这种程度而已。

孩子这一点，是因为我无论如何都很介意，所以特地问她的。总觉得，她要是有个比我还大的儿子就十分讨厌了。我真是还不够潇洒。

最终证明是我杞人忧天了。真知子笑着彻底否定了，“没有没有。”她说。

“没有孩子真是帮了我的大忙。老公死的时候，各种事情乱成一团，当时肯定顾不上照顾孩子了。”

就算说她生过四五个孩子也会有人信的，我盯着真知子那浑圆健康的身体不由得想到。虽然她辩解是因为更年期才发胖的，但我觉得这样的身体比上了岁数以后日渐干瘪要好多了。事先已经决定好要成为男女朋友关系，如今也不需要别人来评判什么，只要两个人都觉得舒服就好了。当我用嘴唇描摹她短短的脖子与肩膀之间的丰盈曲线时，心中充斥的只有情欲。真危险啊，将将赶上了，我这样想着叹了口气。我没有错过她真是太好了。

我们两个人都毫不吝啬地与对方分享着自己，但关注点却完全不同。我感兴趣的是她的兴趣与嗜好，而她关心的，则是我心中累积的回忆。

我还是太年轻，并不能像真知子那样，善用自己独特的韵味去描述一件事。

“没关系的，”每当我词穷的时候真知子便会说，“我就是喜欢听你那样平常地讲话。”

于是我不再纠结于词汇的选择，开始跟她讲述造就了如今的我的那些事。真知子讲述她的故事时总是散发着浓郁的自我气息，而我正相反。我所说的都是具体事件，将我心中层层累积的、想要忘却的东西再一次释放出来。

继母第一次住院的夏天，其实我带着千绘去过医院。那是个快要把人煮熟了的夏日，医院所在的地区蝉鸣特别聒噪，所以我记得很清楚。

从位于郊外的家到二十三区内的精神病院，需要换好几趟电车，其中包括我从没坐过的私营铁路。自己买票时紧张得手都僵了。

“创哥哥，你真的认识路吗？”千绘不安地盯着我的手。

“那当然了，我已经是初中生了啊！”我故作平静地对她笑笑，其实我从没自己买过车票。上学时乘坐的电车倒是很熟悉，可眼下是带着千绘去完全陌生的地方，沉重的责任感快要把我压垮了。果然还是应该自己一个人来的，我后悔地想。说到底只有我们两个小孩，人家会不会让我们见继母都不一定。除此之外，炎热的天气也是一大考验。我必须时刻留意着千绘有没有不舒服的感觉。啊，为什么我事先不想清楚就干这种傻事！看着已经满面通红、不断抹着汗水的小妹妹，我不禁咬紧了嘴唇。

这件事的起因在于前几天，我偶然听到父亲和真澄在聊继母的事，于是打算躲起来偷听，结果还是被他们发现了，真澄叫住了我。

“别那么偷偷摸摸的，你也过来听听诚父亲的话，今后需要我们大家齐心协力才行。你也不能总是哭哭啼啼地叫母亲啊。”

当时觉得她这么说话真讨厌，但我确实很想知道母亲的情况，所以不情不愿地走到两个人旁边。父亲似乎还在犹豫是否应该将这些话告诉年纪尚小的我，可真澄斩钉截铁地说：“创太如今是家里唯一的男孩了，我觉得他应该多知道些母亲的事。”

听了她的话，我的内心当然是喜悦的，但也有点怀疑这是不是真的。真澄姐姐真的会把我当作母亲的儿子吗？

澄生死了之后，我虽然感觉有点对不起他，但心中涌起的却是一股不可思议的动力。然而令人失望的是，我的热情被人随意践踏。每当这个时候，我就会对自己说，这一定是因为我不是亲生儿子，而并非他们讨厌我。

父亲说，继母得了一种全部生活都被酒支配的病。我不太明白“被酒支配”的意思，但她已经不再像澄生活着的时候那样过日子了，这一点我倒是深有体会。父亲应该比我更清楚些。

“是因为澄生哥哥死了，母亲非常非常难过，所以才会变成那样的吧？是因为澄生哥哥死了吧？”

听到我这么说，父亲摇了摇头：“她生病了。这并不是任何人的错。母亲吃错了药，所以才生病的。”

尽管我当时还是个小孩子，但心里也非常清楚他说得不对。有一个一直被深埋于心中的问题突然涌进我的大脑，令我心慌意乱。

如果死的是我呢？那么，父亲也就不会把喝酒硬说成吃错药了吧？

幼小的我挣扎了很久才将这个问题重新放进心底。然而如今，伴随着自我怜悯的酸甜苦辣，我却知道了问题的答案。在这个世上根本就不存在假定的死亡。没有发生过的事，谁也不知结果到底会怎样。如果不坚信这一点，世界就会陷入无边的恐怖。特别是当人们有了不愿失去的人以后。

“真可怜。”听完我回忆的点点滴滴之后，真知子说道。我不好意思，让她别说了。真知子摇了摇头，认真地盯着我，又说了一遍：“你真可怜呢。”

“是吗？”

“嗯，小创好可怜。”

不知何时起，她开始叫我小创，称呼中带着一种让我有些难为情的感觉。虽然继母也是这么叫我的，却让我感觉叫的完全不是同一个人。说起来，那个人从来都没说过一次我很可怜呢。我想被她那么说吗？怎么可能？“可怜”这种词，被说的一方是有权利去选择想被什么人说的。只有完全信任的人，绝对不会有损他人自尊的人，说出来才能被接受。

真澄经常说自己不擅长用“可怜”形容一个人。因为她是个缺少同情心的冷酷家伙吗？虽然我口头上会这么跟她开玩笑，但心里非常清楚并不是那么回事。我记得她也有泪眼婆娑地看着我，喃喃地说着这句话的时候。当时我第一次感觉到被这个姐姐抱在怀里、被这个姐姐认为自己很可怜，也不是一件坏事。同时我也很怀疑世上是否还有其他人能让我这么想。

不过，确实是有的，就在这里。

父亲是绝对不会说自己的妻子可怜的。他的态度仿佛是在表达“因为一位家人的过世而备受打击的又不是只有她一个人”。这当然是对的，就算是继母自己，对这一点应该也是心知肚明的。然而这也是无可奈何的。我在澄生死后，第一次了解了这种无可奈何。他人的死亡，对所有遭遇了这件事的人来说，都是第一次。一千个人便有一千种接纳死亡的方式。父亲应该更深入地了解一下，自己的妻子与继子之间有着怎样的联系，以及这个存在是如何与她整个人生嵌合在一起的，当他被强行摘除后又会造成多大的损伤。

当父亲终于发现自己一直以来对这些问题的漠视时，止不住地流着眼泪对我说："我从来没见过那么悲惨的人。并且，我也从来没有这样同情过一个人。"

我无论如何都想见一见这个悲惨而令人同情的人，于是我带着小小的千绘，在烈日之下，开始了我们短暂的旅途。

3

当澄川家无法遏制的悲伤终于趋向平静时，当每个幸存的家庭成员都选好了适合自己的悲伤方式并决定继续生活下去的时候，这个世界正在为英国王室成员戴安娜王妃的离世而举行着盛大的吊唁活动。

我反复观看着电视上那场奢华的葬礼，以及无时无刻不带着满目哀伤的市民，随即一股莫名的嫉妒之情无法抑制地涌上心头。与他们相比，我家的情形实在太过寒酸了。所有人都是一副因无法正常生活而几近崩溃的样子。

继母每日不断哭泣，连澡都不洗，浑身散发着恶臭；父亲因工作而焦头烂额，甚至连丧服都没时间穿；真澄在家务与悲痛中四面楚歌；至于千绘，对她来说似乎自身的无聊比哥哥的死更重要。而我则借着哥哥的死，妄图拉近与继母之间的距离，做着种种可悲可叹的努力——当然，平时的我并不会有这种想法。多数时候我还是那个突然失去了心爱哥哥的弟弟，为自己和家人的遭遇而心碎。

然而，一个问题突然出现在我的脑海中。

为什么我家就一定要这样呢？为什么就不能也有个完美的

结局呢？澄生哥哥对大家来说，不也和戴安娜王妃一样，是非常受人爱戴的吗？

我陷入这样愤愤不平的情绪之中，然而接下来的一周，见识过一场更为庄严的死亡悼念后，我彻底吓傻了。因为特蕾莎修女去世了。

实在太过伟大，伟大到让人觉得死亡这种悲剧仿佛应该与她无缘。对所有人来说失去她都如同失去了至宝一般，但大家看起来又是那样幸福。竟然会有这种事，明明自己敬爱的人已经不在这个世上了呀！

我兴奋地盯着电视画面，一刻也不肯错过，完全不明白自己为何会如此亢奋。

“那是因为对于崇拜特蕾莎修女的人来说，她并没有死，而是去往了天堂。他们相信她一定在天堂中继续生活着。”面对我天真的疑问，真澄如此回答。见我一脸不明所以的样子，她继续说：“这就是所谓的崇拜。”

“崇拜……”我下意识地重复了一遍自己并不懂其深意的词。

“顺带一提，澄生也活在什么地方。不过，不知道这算是幸还是不幸，那个人虽然一直被爱着，却并没有被崇拜过。”

说到这里，真澄低下了头，仿佛无可奈何地自言自语道：“我们要到什么时候才能让澄生真正地死去呢？”

我下意识地看向周围，好像真如真澄所说，澄生就在我们附近似的。但是，当然，我没有看到他的一点儿影子。

“每次看见母亲那个样子，我就觉得那一天永远不会到来了呢。”往日里一直表现得很坚强的姐姐突然露出疲惫之色，令我的胸口感到一阵苦闷。她为了让这个家恢复原样，将继母的那部分职责也一并承担了过去。

“真澄姐姐，你没事吧？”

“嗯……没事的。不过呢，创太，虽然事到如今这些都毫无意义，可我还是会忍不住去想，为什么偏偏是那一天的那场雷雨，为什么偏偏站在那场雷雨中的就一定是澄生呢？无论如何，就必须是澄生被雷电击中吗？！”

突然间，一句话出现在我的头脑中——他被死亡选中了。我到底是在什么地方听过这句话来着？对了，是死死抓着澄生的遗体怎么也不肯放手的继母说的。她说：“因为小澄这样的孩子太过优秀，所以才会被死亡选中。”

如此说来，澄生还真是个各个方面都很符合“被选中”这一概念的人。

我还清楚地记得最初组成新家庭时，与那三个人见面的情景，或者不如说，我的记忆就是从那里开始的。对于在前两年去世的亲生母亲，我反而没有任何印象，只记得我一直是由父亲的一位姐姐，也就是我的姑母照顾。时至今日，每次见面她还会说起我那时有多不省心，打趣着让我记得报恩。她是位直爽而幽默的人，对于父亲再婚的事由衷地感到高兴。

“好啦，快走吧！”

要去见新母亲和兄弟姐妹的那天，姑母这样说着，拍了下我的屁股，送四岁的我出了门。伴随着拍打时“啪”的一声轻响，我终于站在了迟来的人生起点上，在此之前的记忆则是一片空白。我从老照片上看到过亲生母亲的样子，却毫无感觉。不知是不是那个时代的潮流，照片上的母亲眉毛特别粗，长长的头发经过冷烫打着非常生硬的卷，嘴上也涂了显眼的口红。真寒酸啊，我心中暗想。虽然她年纪轻轻便去世了，但讽刺的是，我完全不觉得她是那种会被死亡选中的人。

我也觉得对于生下了自己的人，有这种想法实在太无情无义了，但我连一个温暖的拥抱都想不起来，想硬挤出一星半点的感情也是不可能的。才刚刚开始懂事的我，这时最需要的，是一个能让我安心、感觉自己不是孤单一人的存在。我希望我对她说话，她就会回应我，我对她笑，她就会跟我一起笑，最为重要的，是一个要用温暖的鼻息让周围的空气流动起来的人。

“你好。”澄生说着，曲起身体，将自己的视线降到与我同高，“从今天开始，我就是你的哥哥了，所以有什么事尽管说，都听您的吩咐。”

他这么一说，站在旁边的真澄哈哈大笑起来：“澄生，你真是个怪人。”

他们两个相互嬉闹拌嘴的样子，在我看来，有着无法言说的成人感。

经常有人说我记性很好，但那并不是因为我的脑子好使，我只是将当时的印象作为一条线索，顺着它就能回忆起过去的一切。假设以我跟澄生他们的初次见面为起点，来追溯所有过去的时间，那么各种各样曾发生在眼前的情景，也会全部跟着苏醒过来。就像这样，他们的一颦一笑都被我鲜明地捕捉下来。你问这样是不是很美，那是当然的了。这种绝对的美是连小孩都能感受到的。

每当讲起这些，真知子总是会取笑我。都说记忆这种东西，本来就是会根据个人的需要而被美化的。

“不过这也不算什么坏事。毕竟，人就是靠这种方法更加轻松地活下去的嘛。小创最初的记忆如此闪闪发光，这不是很好吗？”

“小真知的记忆，也为了活得容易些而改过吗？”现在我开始叫她小真知了。

“是呢，而且还在不断地改变着，我已经想不起原本的样子了，完完全全朝着对自己有利的方向发展。”

“那已经不是篡改，是捏造了。”

听到我的感叹，真知子哈哈大笑：“等我变成稀里糊涂的老太婆时，跟人家说自己曾经和年纪只有我一半大的男人交往过，大家一定会觉得是我捏造的吧？”

“不，应该是当你老年痴呆了，会无比同情你吧。”

“真过分！”

真知子说着向我靠过来。我被她的动作和重量压倒，心中却是一片漠然。在继母记忆中的澄生，应该是一成不变的吧。如果是那样，该有多痛苦。他永远都只能是那个还没来得及告别便消逝了的模样。

我永远都忘不了，当澄生说着“母亲，这个更适合你吧”为继母换戴其他首饰时，她脸上那个能令冰雪消融的微笑。在那个亲生儿子带给自己的至福瞬间，周围的一切都消失不见，映在她瞳孔中的就只有澄生。

而我的心则在跟继母初次见面的瞬间，便被夺走了。要问我最喜欢的是什么，我一定会回答“味道”。那是一种甜蜜而芬芳、由万种风情混合而成的，同时仅属于她的味道，那种味道甚至会令我的鼻子痒痒起来。每当想起那个味道，我就非常想把脸埋进去。是整张脸，以至是整个身体，都忍不住想沉浸在那种香气之中。

“幸福”对小孩来说，是没有这种概念的，然而却可以闻出来。那时候继母的怀抱，就像一只被幸福浸染过的口袋，将我装在里面。为了能够将这个口袋据为己有，我简直无所不用其极。多么肤浅的小孩啊，一心只想着怎样才能吸引她的注意力。明明是什么都不用做，只要老实待着就能得到的东西，却偏要强取豪夺。不过这也是没办法的事，因为我不想输给“真正的儿子”啊。

“创太，不是只有你会这么想。”真澄曾这样对我说，“就算是我或者千绘，都不想输给澄生。”

“我觉得‘父母都是平等地爱着每一个孩子’这种话，绝对是骗人的。”真澄边说边列举了有几个孩子的熟人，“既有儿子又有女儿的情况下，母爱的比重绝对是偏向儿子一边的。不过，就算这么说，澄生那种情况也要另当别论。”

“可我也是儿子啊。”

“嗯，不过，创太嘛……”说到这里，真澄停住了。对于后面难以启齿的意思，我只是耸了耸肩。毕竟那是事实。

“你想说没有血缘关系吗？”

真澄没有马上回答我，而是思考了一阵，然后终于组织好了语言似的开口道：“有时我会想，如果你也是母亲生的孩子，现在又会变成怎样？是不是在澄生死后，她就能重新振作起来？”

“因为我是婚后带来的孩子，所以不能给予她安慰吗？”

“虽然指责自己的亲生母亲是笨蛋不太好，但，没错，就是那样。当然她自己也知道不能差别对待再婚后的继子，而且我想她也不觉得自己会是干这种事的恶人，可最后还是本能地更重视自己的血脉。”

“别那么说啦,真澄姐姐,被你这么一说,显得我好可怜啊。”

我半开玩笑地用小孩的口吻说道，然后把脸埋在真澄的肩上。于是她也像从前那样，摸了摸我的头说：“可怜的创太。”

有一次，继母烤奶油泡芙的时候，急不可待的我在厨房里进进出出，看着烤箱中的泡芙面包渐渐膨胀起来，看着她手中搅拌的牛奶蛋糊也越来越黏稠。

“再稍等一下就好了。小澄也快回来了，到时大家就可以一起喝茶吃点心了。”

继母说完便关上煤气灶，离开了厨房。又过了一会儿，烤箱响起了烘烤结束的提示音。实在等不及的我听到这个声音，也想帮点忙，于是自作主张打开了烤箱。就在我惊醒的瞬间，一切已经迟了。我眼见着泡芙面包像漏了气的皮球似的瘪了下去。

我一下变得脸色铁青。在烤箱温度降下去前不能打开这种事，当时尚且年幼的我又怎么会知道呢?

“啊——这下完了。”

澄生的声音与继母的声音同时响起。那个瞬间，我仿佛变成了石头一样，动也不能动。

“小创真是的，为什么要多此一举呢！”

继母摇晃着我的身体，我的眼泪夺眶而出，接着，我不断地说着“对不起，对不起”，实在不知该如何是好，竟然抓起烤箱中彻底塌下的泡芙往嘴里塞。

“啊！喂喂！”澄生从后面一把抱住了我的身体，似乎是打算阻止我，然而我依旧不停地将那些外形可憎的点心送入口中。最终随着喉咙里发出一阵干呕的声音，我夸张地吐了出来。

继母和澄生当时都吓呆了，而我则对眼前的境遇完全无所适从，只能在强烈的挫败感中，扑倒在自己的呕吐物上，嗷嗷大哭起来。

到底该如何形容当时的感情呢？为什么明明只是一件小事，在我的眼中却像展开了一个无穷无尽的世界，一个我必须独自走下去的世界，充满了孤独的感觉。

继母边用厨房纸巾擦拭着呕吐物边说：“我说，小澄，这孩子是不是有什么地方不对劲啊？”

拿着毛巾打扫地板的澄生低声笑了笑：“您在说什么呀，哪里不对劲了？创太只是想表达一下自己在家中的存在感而已啦。”

“对吧？”说着，澄生用饱含温柔的眼神望向我。虽然我不觉得他说得完全正确，但也没有开口反驳，只是在心中无比羡慕着他这样无忧无虑、无欲无求的人。

“只剩下这些牛奶蛋糊了。”

“那个东西，我倒是挺喜欢用勺子直接扤着吃的，夹在一般的面包里吃也不错啊。”

“啊，对呀，可以做出比面包店好得多的奶油面包呢！”

继母与澄生一时聊起了关于牛奶蛋糊的种种可能性，那是优雅到无法不令人骄傲的母子对话啊！

突然，继母注意到了依旧满身呕吐物臭味的我，于是说：“小澄，不好意思，可以帮我带这孩子去洗个澡吗？”

“好啊，走吧，创太。”

在我被澄生催促着走向浴室的时候，听到继母仿佛自言自语似的说了句：“也是呢，仔细想想，那是个连母亲的味道都不记得的孩子啊，真让人怜悯……”

我下意识地回过头去。当时虽然还不明白“怜悯”这个词的意思，却觉得它带着疏离了人情味的冰冷，令人无比讨厌。

继母靠在水池边为自己的想法而点头的样子映在我眼中，那是一张带着独特的、为自己心中深深的慈悲而妄自尊大的脸。说不出哪里透着一点卑劣，而又因此感觉非常美丽。想要而不可得的憧憬，深深刺伤了尚且年幼的我。

我也是一样，最重要的人的记忆，是不会进行篡改的。

4

在整个澄川家中，只有千绘是与所有人都血脉相连的。在她身上，可以看到每一个人的影子。当然，包括澄生，也包括我。能够在同一个人的身上看到他和我的影子，对我来说简直是个奇迹。不过要说千绘的性格，则与任何人都没有半点相像——甚至不像真澄，她是完全自我而自由的。母亲身体抱恙之类的事她从来不放在心上，总是自顾自地跑进跑出，好不容易考上了大学，似乎也是三天打鱼两天晒网。父亲为了她能上大学，可是花了不少学费的。

“我也是因为这个啊。”千绘总把这种牢骚挂在嘴边，动不动就摆出什么为了不让父亲更加辛苦，所以才要从现在开始工作攒钱的歪理。即便如此，她也不能把一份陪酒小姐的零工看得比学业还重要吧？经常不知道她去了哪里，也不知道她在干什么，总之好几天都不回家。这个家好不容易才勉强稳定下来，家庭成员却再难有齐聚一堂的时光了。

父亲之前和朋友一起经营着连锁餐厅，但是由于在泡沫经济时期扩张得太厉害，最终还是失败了。虽然免于破产，但整体业务大幅缩减还是不可避免的。如果我们去住便宜点的小公寓，生活上倒也不至于有什么极端的落差。然而澄川家就是不肯这么做，于是只得强撑着过大不如从前的简朴生活。当然，这也是因为澄生的死让继母更加执着地不肯离开这所自己深爱的房子。多年前从屋主手中买下的这栋古典老屋，至今留有相当大的一笔贷款没有还清。

“母亲我已经没有自信离开这里开始新的生活了。”听着继母细不可闻的呓语，家中所有人都不禁点了点头。看着她那副身心俱疲的样子，大概就是在那个瞬间，大家一致下定了决心——不能离开这个家。不可能离开这个家。我们仿佛突然明白过来，能将她留在现实世界的，就只有这个残留着澄生气息的地方了。所有人都意识到，想靠我们来拯救母亲是根本行不通的，我早就放弃了，活人怎么可能打败至今仍“阴魂不散”的人呢?

在那之后，最快行动起来的便是真澄。由于继母家那边代代相传的习俗，澄川家的孩子从幼儿园到大学念的都是相同的私立学校，也就是一般人所说的贵族学校，花销自然相当可观。以前能上这种学校的都是出身名门望族的公子小姐，可自从泡沫经济开始，像我们这样的暴发户之子逐渐多了起来。不过正因如此，保守的传统学风之中才得以吹进一股自由开放的气息。加之在衣食无忧的环境中成长起来的孩子总是乐观开朗，总算营造出了一派惬意舒适的学习环境。

在这样的环境中，澄生又为我们创造出了更为特殊的待遇。我们兄妹几人，仅仅作为受人敬仰的澄川澄生的附属品，便不费吹灰之力地赢得了周围人的敬意。这一点，无论在他生前还是死后，都没有改变。或者应该说，由于他成了传说，这种敬意在其死后反倒有增无减。

本身已经是大英雄了，要是再被雷电击中，那不就无敌了吗。出于这样的原因，我的学校生活可谓一帆风顺。郁闷的事当然该有还是会有，但能受到这样的优待，已经足够令我心怀感激了。毕竟无论什么时代，无论哪所学校——即便是在这里，在外界看不到的地方，虽然不算频繁，但弱者也还是会受到苛责的。

而真澄宣布的事，便是要离开这个舒适的场所。她说不想上大学了，要去专科学校学会计，以便将来能够在工作上为诚父亲帮忙，为维持这个家做出贡献。

“等一下，”我说，“你这样做也太帅了吧！”

她听完得意地笑起来，然后回答我：“那……你也帅一个给我看看吧。”我一脸不高兴地说：“那是什么意思啊？”真澄接着说：“你从现在开始就要努力学习，然后考上公立学校。”

突然被塞了这样一个意料之外的任务，我完全呆住了。不是自夸，学习这方面我可是半点天分都没有。

“创太也得快点儿喜欢上学习才行。”

“我不是讨厌学习。只不过我想学的不是书本知识，而是为人处世之道。”

“我们学校的学生还要去参加公开考试，光这一点就很考验你为人处世的能力了！”

听着我们这样你来我往的调侃，父亲突然两手按在桌子上，低下头说：“对不起！”

“事情会走到这步田地，全都是因为我领导无方……”面对如此造作的说辞，真澄与我面面相觑。

“然而正是因为你们的鼎力支持，公司才能渡过这次难关。”

“说什么‘公司’啊……诚父亲，如今你只是个开着间小小餐馆的大叔而已啦。而且，自己还不会做饭。”

“哎呀，您所言极是。”

奇怪的是，面对真澄辛辣的指责，垂头丧气的父亲看起来并不怎么可怜。父亲这人素来散发着一种不拘小节的气场，我倒是挺喜欢这一点的。在继母住院事件之后，尽管所有的事都乱成一团，父亲还是努力在人前装出一切尽在掌握之中的平静。那样子看似洒脱，我心里却很明白，那都是装出来的。真澄，当然就看得更清楚了。

于是，我打算带千绘去医院看继母的那一天，终于成了一个契机，让我见识到了从来没见过的父亲。那个无论发生什么事都能用若无其事的态度，令我们安心的、值得信赖的人，突然消失不见了。他哭了，哭得鼻涕像水流似的不断往下淌，他毫不介意。那时我就想，原来真的难过到大哭时，无论大人还是孩子，都是一样的。澄生死的时候他也是哭过的，可这一次却感觉比当时还要悲痛。明明继母还没死呢。那也就是说比起澄生的死，继母的死会让父亲背负更大的悲痛吗？

继母被转移到精神病院的第二天，父亲去医院办理住院手续时见到了她，当时继母一副精疲力竭的样子，却依然能够说说话。她对自己那些反常举动似乎也有些印象，听过一部分事情的前因后果，她侧着头说："真的都是因为酒吗？"

然而，父亲再见到她时，她却跟换了个人似的。

父亲被带到了兼做食堂和会谈室的楼层，他带着自嘲的笑容向医院的工作人员打听，在哪里能找到自己的妻子。尽管这里本来也没有几个女患者。

"在那边呢。"顺着工作人员手指的方向，父亲看到了远处的继母。她眼前摆着本应吃得一点儿不剩的午餐餐盘。父亲慌忙走上前去想看看怎么回事，结果发现继母在反复用筷子夹盘子里的豆子，却无论如何都不成功。那种毫无道理的行为，明确表示着她的不正常。

"美加……"父亲惶恐地叫着她的名字。然而，她就像没听见似的毫无反应。无论父亲叫多少次，她都不曾应答，只是流着口水一味摆弄着筷子。父亲最终变得恼怒，浑身颤抖着大叫出声。继母这才仰起脸来，口齿不清地回答："啊……阿……

诚……啊……”

父亲将面目全非的妻子一把搂进怀里，毫不介意她头发上粘着各种干掉的污物，满心想着要将这个曾经是幸福象征的人守护在自己的臂弯中，紧紧地抱着她。

之后医生向父亲解释，继母前一天晚上也出现了相当严重的戒断反应，完全不受控制，他们只能将她关进一间叫作保护室的房间。虽然具体的结果还有待进一步检查，但他们已经在她的大脑发现了萎缩的地方。医生说，等到症状稳定，让父亲也跟着一起来接受心理咨询。

“美加。”

每次听到父亲这样叫她，继母都会条件反射似的回叫父亲的名字：“阿……诚……”

父亲后来对我说，也不知道他们给她用了多大剂量的药，可就算那样，她还记得来救自己的人叫什么。然后父亲又说，一想到已经把能想到的办法都想了，反而觉得安心了些，之后就剩尽力帮助母亲。

“我要是去了那边，叫她‘母亲’的话，她一定会把我当成小澄吧？啊，就像这样：小……澄……”

自嘲的话才讲到一半，我就被真澄扇了一巴掌。我捂着脸颊，拼命忍住心中涌上来的东西。

“创太你为什么会这么傻呢！”

“我……我……我才不傻呢！”

没错，我绝对不是傻瓜。澄生死后，最熟悉继母情况的人就数我了，即使是现在，我也可以断言这一点。

真澄突然“哇”的一声哭了起来，与此同时又将我拉过去抱在怀里，反复地说着“好可怜，好可怜”。因为她这样说了，我也开始觉得自己可怜似的哭了起来。随后父亲也站起来，张开双臂把我们俩一起搂住。

大概，那是我们父子三人第一次也是最后一次如此不顾体面地抱头痛哭。“歇斯底里”也许就是指那个样子吧。我们哭泣的方式几近咆哮，仿佛要将之前所有压抑的东西都发泄出来一样。这般强烈的感情碰撞在一起，如果被人看到了，大概会以为我们是某支厉害的橄榄球队正挽着胳膊抱成一圈振奋士气吧。事实上，等父亲平静下来以后，他也只能尴尬地说：“该怎么说呢，这就是齐心协力哭过一场的感觉吧。”

“你想说这有什么不好吗？”真澄小声嘟囔着，因为用尽了力气，她只能靠在我的身上。我就是在那时悄悄下定了决心，要带着千绘去看继母，为此还装作若无其事的样子地向父亲打听了前往医院的路线。

然而，尽管我和千绘最终到达了医院，却依然没能见到继母。

那家医院对我们这种小孩来说，简直大到难以想象。我们从私营铁路小小的车站里出来，走不了几步便进入医院的领地，园区围绕的矮墙伴着青青树木，无边无际，仿佛永远也望不到头。无论我们怎么走，都找不到入口，于是我借着给千绘买水的机会，向便利店的店员打听。结果，那个上了年纪的女人歪着脑袋来回看着我和千绘，然后问："你们要去看谁？"

"我……我母亲。"

听到我的回答，她露出讶异的表情："你们的母亲住院了吗？"

"母亲喝酒太多，所以生病了。"这回是千绘回答的。

"等一等。我说啊，田边女士，就这两个孩子，能去见他们住院的母亲吗？"店员朝我们身后一位站着看杂志的女性客人问道。那位被叫作田边女士的人应该也是住院的病人吧，我看到她还托着点滴架子。

"是因为什么住进来的？"

"说是酒精依赖吧。"

"什么时候的事？"

我战战兢兢地掰着手指数："这个……嗯……是六天前。"

"啊——那就不行了，戒断要两周的时间。你们之后找个大人一起来吧。"田边女士无比同情地对我们说。

"创哥哥和千绘，见不到母亲了吗？"

刚被便利店的空调吹下去的汗突然又冒了出来，"……嗯，好像是这样的。"

"创哥哥是大骗子！"千绘不知是因为暑热还是失望，蹲在地上开始哭闹起来，"千绘要看母亲！母亲！母亲！还要吃冰激凌！要皮诺冰激凌！要尿尿！尿尿！"

眼前的混乱让我只想抱着脑袋躲起来。就像我时不时表现的那样，我觉得千绘也变成了小宝宝。这种不像话的执拗方式，实在不像一个已经上小学的孩子应该有的。事实上，自从理应是澄川家的司令塔的母亲放弃了她的职责后，所有人都怀抱着某种缺失感。即使是能冷眼旁观一切的真澄也是，她偶尔也会因为一些难以置信的幼稚原因闹别扭。前阵子，她就因为冰箱里剩下的外卖比萨不见了而大动肝火。放在从前，她对凉掉的比萨可是看都不会看一眼的。

"阿姨带你去厕所好吧？"等我回过神来，店员阿姨已经推着千绘将她带往卫生间了。"啊，对不起。"我赶紧这么说着，目送她们两人离开。这时，田边女士指着便利店的玻璃窗外对我说："小朋友，你看到那边的人行横道了吧？从那里过去就是医院的后门了。今天看门的叔叔不在，可以随便出入的，你去试试吧。"

我低下头向她道谢，然后带着回来的千绘一起走了出去。当然是朝医院里面走。即使见不到继母也没关系，但我一定要确认她到底在什么样的地方生活。

医院的围墙内一望之下如同公园般幽静平和，郁郁葱葱的树木间时不时传出蝉鸣。

我们走着的小路旁边是一个广场，树荫下的长椅上坐着几个像是患者的人。不知道是不是因为天气炎热，所有人看上去都一动不动的，只是乖乖坐着。

对面是一座近现代化设施，入口处挂着就连小孩也知道的某著名大学医学研究所的牌子。近处有一个被金属网围起来的网球场，长着学生样貌的人在里面比赛。女孩子身穿的白色短裙飞扬起来，显得格外炫目。我不禁想着，怎么会有人在这么热的天里打网球，现在是休息时间吗？那么聚集在广场上的人又是怎么回事呢？他们也是在休息吗？可现在算是什么时间的休息呢？

我满心都是不可思议。脚下的路将左右两边的世界完全分隔开。

一边不断传出打球的欢快声音，时而还有欢笑；与之相应的，是只能听到蝉鸣的另一边。虽然能看到几个身影，却感觉不到任何属于人的气息。唯一能让我感觉好些的，就是继母可能也在这里。充满生命力的白色网球在一侧的世界来回跳跃，另一侧则是沉默地坐在长椅上，只待时间流逝的人。我的继母也曾是会笑着追逐黄绿色网球的人啊。

“创哥哥，千绘觉得好难受。”千绘的鼻息粗重，眼看着就摇摇晃晃地倒了下来，我慌忙将她抱住。她的身体很热，还像要吐出来似的干呕了几次，她可能是中暑了。我想先把她带到凉快的地方，于是背起千绘朝广场走去。

我在树荫下的空长椅边走着，一个先前被我认作患者的护士模样的人跑了过来。他从我背上接过千绘，让她尽量舒服地躺到长椅上，然后检查了一下她的情况。

“多给她喝点水，休息一阵应该就不要紧了。不过这边还挺热的，不如我带你们去接待室吧。你是哥哥吗？”

“是。”

“一起来的大人呢？”

“没一起来……”

护士惊讶地看了我一会儿，最终什么都没说，只是将千绘抱起来，朝前方走去。我跟在后面，尽量做出无所畏惧的样子，以免人家误会我们是可疑的入侵者，并且在心中隐隐期待着，如果能表现得堂堂正正，说不定就能见到继母了。

进入空调强劲的室内，我照护士说的给千绘的脖子进行了冷敷，然后从自动贩卖机买了橙汁让她喝下，不一会儿，千绘就恢复了精神。带我们来的护士也笑着说：“太好了，太好了。”于是我有点“得寸进尺”地请求让我们跟母亲见上一面。她走到接待处那边，交涉了好一会儿，等她终于回来的时候，却满脸歉意地告诉我——不行。果然和便利店里的田边女士说的一样呢。

这回我带着千绘，堂堂正正地从正门走了出来。走在去往车站的路上，我想起离开医院时那位护士对我过于夸张的鼓励。她一定觉得我们是那种经历过不少生活艰辛的孩子吧，她还问我“你们的父亲呢”“有父亲吗”来着。接着我又想起听到声音赶过来的接待处的人，“哎？晕倒了吗？”那人说，他们还非常担心地跟我们确认有没有钱坐电车。如果我说没有的话，他们大概会叫来警察把我和千绘带走吧。

我背着千绘，胡思乱想着，眼泪不知不觉地流了出来。千绘已经过了需要人抱的年纪，但她让我背着她，我也没有拒绝，是因为不想让她看到我在哭。

太悲惨了，我心想。

正如父亲所说：“我从来没见过那么悲惨的人。”到头来，我不但没能如愿见到那个人，反而因为一点小状况，让自己成了那样的人。“悲惨”这个词，可算是我对自己最高级的犒赏了。从没想过有一天我也能配上这个词。

强烈的日光在人行道上烙下了我们深色的影子。我背着妹妹，两个人的影子自然也是叠在一起的，轮廓大而诡异。即便如此，我也曾经被母亲说成是“非常非常重要”的。所以，那一段回忆我一直保存着。

5

“小创生日的时候想吃什么？我一定拿出全部本事来做给你吃。”

要不是真知子说起，我都没注意到自己要过生日了。我已经将这个日子忘得一干二净了，但是每年都会有人让我想起来。而且不知为何，让我想起这件事的那个人，一定是位女性。有时候是真澄或者千绘，有时候是曾经的女朋友们。只要有交往的女友，到了我过生日的时间她就绝对会提起，保证每年一次，确保我绝对清醒地意识到自己又长了一岁。

自从澄生死了，家里就再也没有庆祝过生日。不只是生日，所有应该全家团聚的事情都停止了。这种事即便没有讲出来，想必所有人也是心知肚明的，毕竟澄川家永远都不可能全家团聚了。于是取而代之，我们每个人都会私下里说些祝福的话，或者送点小礼物。换句话说，大家仿佛达成了一种共识——不公开庆祝任何事。这一点当然也是出于为继母考虑，而她自己也自然而然地接受了。

所以，看到干劲十足地要为我庆祝生日的真知子，我整个人都愣住了。

“毕竟一年才能长一岁，是要对神心怀感激的日子嘛。反正我就会这么想，感谢今年也让小创平安无事地度过！”

“你的生日时也会这么想吗？”

“会啊。”

“都这把年纪了，还会为老了一岁的生日而高兴吗？”

“不管到多少岁，我都打算开开心心地过生日呢。”

真知子噘着嘴哼了一声，把头扭向旁边，似乎是在对我的讽刺表达不满。与年轻女生闹别扭时的感觉不同，虽不觉得真知子可爱，她却散发着一种若无其事又轻蔑的幽默感，让我觉得很开心。

“你的嘴，看起来像土瓶蒸的壶嘴一样。”

我的话让真知子一下喷了出来：“那我给你倒好茶了，快喝快喝！”

说着，真知子突然扑上来吻住我，我们两人一起倒在榻榻米上，渐渐换作我掌握了主动权，将她压在身下。

我总是喜欢用两手夹住真知子的脸，她的脸圆圆的，像个球一样，而且胀得紧绷绷的。也因为在她的脸上完全看不到这个年纪该有的皱纹，在清爽笔直的短发映衬下，她反而像小女孩似的。第一眼看过去，会有点猜不出年龄的错觉，不过丰盈的肉体上却满是多余的线条，会让人不由得感叹“到底是不年轻了啊”。

"啊，真好啊。"真知子被我支起手肘框在臂弯里，叹着气说，"我啊，只要跟小创在一起，就有一种被人眷顾的感觉呢。"

本来我是把曾祖母的遗言当作澄川家一段流传已久的恐怖故事随口讲给她听的，想不到真知子居然记住了，此时还当场用上。

很久以前，大概是真澄还没有从高中毕业的时候，她为了住院的母亲以及不得不大幅削减的生活开支而焦头烂额，同时还要照顾尚且年幼的我和千绘，手忙脚乱的程度可想而知。有一次不知是被什么激怒了，她将墙上那块镶嵌着曾祖母遗言的相框猛地砸到了地板上。

我跟千绘都被玻璃碎裂的声音吓坏了，呆立着一句话也说不出。

"这种东西……这种东西！"真澄自言自语地哭了起来。就在她抬脚朝地板上的相框踩去时，恰好下班的父亲冲过来一把抓过她的手腕，将她抱住。

"要是割伤了脚可怎么办啊！真是的。"

我还以为真澄会把父亲的手臂甩开，然而她却靠向父亲，叫道："诚父亲……"面对带着哭腔将脸埋进自己怀中的继女，父亲将她抱得更紧了些。

"我已经受够了，受够了……"

虽然抱着她的手臂如此用力，但父亲的另一只手却轻柔地顺着真澄的头发，仿佛在安慰她一般。而父亲也流着泪不断重复：“对不起，谢谢……”

我在一旁看着他们，突然有个无法接受的念头冒了上来——不知从何时开始，父亲与真澄之间已经结成了信任彼此胜过信任其他人的关系。

可是，到底为什么呢？他们两人之间也没有血缘关系啊。

我在心中自言自语着，回想起了迄今为止许许多多已经被我放弃了的努力。与此同时，一种与之相关的颓然感向我袭来。

难道说，凭自己也能创造出一种与血缘同样强烈的联系吗？

在我的大脑中，同时出现了对自己此前的徒劳无功而感到的气馁，以及对以后即将展开的未来所抱有的期待。

我走到父亲和真澄身边，捡起散落一地的玻璃碎片，并且叫来千绘，她也和我一样，开始收拾碎片。

“啊！太危险了！你们都到那边去！”就算父亲这么说，我们也没有停下。等到碎片都捡干净，我把相框拿起来，踮着脚试图将它挂回原来的位置。父亲苦笑着过来帮我挂好，然后对真澄说：“为了以后摔起来方便，就不给它加玻璃了。”

真澄有些不好意思地笑着点了点头。明明没有血缘关系，但是真澄看起来比我和千绘都更像父亲的亲生孩子。我突然觉得就在此时此刻，有什么东西被我们团结一致的决心凝聚到了一起，那一瞬间，我变得快乐得不得了。这种说法可能很奇怪，但我确实由衷地希望真澄能够尽情地使唤父亲。她也是有这个权利的！

“不过，这种以你父亲为中心诞生的家庭，对你的母亲来说依然毫无意义吧？”真知子听了我的话，脸上露出了不屑的表情。我绞尽脑汁想着该如何向她解释澄川家，然而无论怎么说，都于事无补。

“我不是很喜欢小创的母亲。”

“别这么说啦。”

“谁让她总把小创说得一无是处呢。我觉得，小创就像母亲的沙袋一样。”

“沙袋？”我完全搞不懂她的这种想法是怎么冒出来的，而且还把我比喻成这种跟继母最不相称的东西。真知子跟继母应该是同时代的人，然而她们的活法却如此迥异，时常令我感到惊讶。

“儿子死了固然非常不幸，但这世上遭受了这种打击的又不止她一个人，这不算什么。”

“不能那样说吧。”我开始感觉到自己心中愤怒的种子发芽了。虽然真知子是站在维护我的立场上才这么说的，但她甚至不认识继母，我不希望真知子如此随便地议论她。

“小真知，你是不知道母亲和澄生的关系有多亲密才会这么说的……”

“那个我当然不知道了！”真知子怒气冲冲地打断了我的话，“但是，这跟知道不知道有什么关系？儿子死了的这个事实是不会变的，我只知道这一点。别人死掉的儿子有多重要跟我没有任何关系。我在意的是，那个一直不被她重视的还活着的儿子，正是我喜欢的男人！”

“她只是在以不同的方式重视我啊！”说到一半，我突然想不出接下来要说的词。以不同的方式，到底是以什么方式呢？所有的一切一直以来不都是靠不满于现状的我努力争取来的吗？

小创对母亲来说？

非常非常重要！

“说到底，小创的母亲爱的只有她自己。澄生也只是被她当作了自己的一部分，就好像拔掉一根骨头永远都会觉得疼一样。明明大家都在尽心尽力地照顾她，她却全不当回事，只顾自己闹别扭。”真知子一口气说完，然后低下了头。她深深地叹了一口气，用很小的声音接着说：“能被大家关照难道不是一件很幸福的事吗？有的人只能独自面对，有的人则要经过长时间的等待，自然愈合。”

我站了起来。迄今为止，我来找她不过是为了一些世俗的享乐，然而，现在我们之间却扯上了我那充满不如意之事的人生，这让我觉得无法忍受。对于真知子的过去，我依然只是一知半解，唯一知道的她故去的丈夫的事情，也令我感到无比沉重，甚至喘不过气来。至少她丈夫所度过的最后时光，是绝对说不出“感谢生活让我如此快乐”这种话的吧。

“我回去了。”丢下这句话，我便离开了。真知子沉默地躬着背坐在屋子的一角。大概不会再见面了吧，我想。

我的生日派对最后由松尾主办，还叫上了大学时期的朋友，他们给我安排了相亲会，代替了礼物。这些人扬扬自得地吹嘘如何发动人脉找来了各种不错的女人，不算言过其实，现场确实坐了一排外形靓丽、品行优秀的女生。每个人都散发着一种点心似的甜糯香气。这种精心打扮自己的能力，似乎是叫作“女子力”吧。对于这段时间把所有空闲都用来跟真知子在一起的我来说，实在是非常高深莫测的词了。

相亲会的气氛渐入佳境，大家也都喝到了适当的程度。作为生日当天的主角，我自然要被推出来当“下酒菜”，不得不讲起过去种种不愉快的失败经历供大家消遣。顺着这个话头，不知是谁打趣说：“这家伙，直到前不久还在和一个年纪大好多的寡妇交往呢！”

“骗人的吧？”起哄声后，一个女孩子突然说，“恋母情结？”

那一瞬间，我的酒猛然醒了，我说了句“去趟厕所”，然后离开了座位。

此时此刻，我真的应该待在这里吗？一阵无所适从感侵袭着我。现在不是想这个的时候吧。于是我把松尾叫了过来，跟他说自己突然觉得不舒服，道了个歉便离开了。因为大家都有点醉了，所以倒也没人在意。

跟出租车司机报的地址，当然是真知子家。真是太傻了，我责备着自己，除了那里，还能在什么地方过生日呢？问我是不是恋母情结？我现在就向你们证明一下这句话是如何大错特错。

迎接我的真知子还是一副什么都没发生的样子，说着“哎呀，小创啊”，催促我赶紧进屋。她说都已经准备好了，我往屋里一看，充当餐桌的榻榻米炕桌上摆满了各种菜碟，再看看时间，深夜十一点四十分。总算赶上了。蛋糕上已经插好了蜡烛，两根粗的，六根细的。

“我把最后一个菜做完，你再等一下。”

我完全放空地喝着啤酒，望着真知子在灶台前切东西的背影，刚才在别的地方喝得晕头转向的事仿佛是场梦。

我突然想起一件事，朝真知子问道：“为什么你跟去世的丈夫没要个孩子呢？”

真知子的手停了一下，但是很快，切菜的声音再次响起。

“有过的，两次。但是因为我丈夫身体不好，两次都流掉了。”

“抱歉……”

“没事，这不算什么。”

说完这句，真知子合着菜刀有节奏的“咚咚”声，唱歌似的不停重复：“这不算什么，这不算什么。”

她浑圆的背上，紧绷的内衣将肉体勒成一截一截的，而那些线条又在汗液的浸透下模糊起来。我看着看着，突然有一股灼热的感觉往上涌。我走过去，从背后抱住了真知子。

“小真知，我啊，以前可是‘万岁万岁族’人哦。”

“那是什么啊？”真知子扭动着身体说。我不顾她的抵抗，将两臂收紧在她耳边说道：

“所以呢，小真知也要一直一直当个‘不算什么族’人哦。”

CHAPTER 3 千绘

1

对我而言，想让对方去死的人，通常是三名。不过当选的人时不时会发生变化，所以也算不上什么深仇大恨吧，我自顾自地发呆时这样想。只是在当时，我是真的发自肺腑、强烈盼望过的。那个人，如果能从这个世界上消失，就再好不过了。

当然，我只是希望那个人消失而已，并不意味着我想杀死那个人。就像我最年长的哥哥澄生被雷电击中后突然离世了那样，如果一定要发生这样的事，那就应该发生在那些人身上才对。我选中三个让我恨到牙痒痒的人，将他们的名字写到了我的秘密名单上。那么，名单上的人有没有哪个如我所愿消失了呢？这个嘛，倒还真有。

作为澄川家这样一个曾经富庶温馨而充满爱意的家庭中最小的女儿，据说我是在无数的祝福声中诞生的。“据说”是因为我并没有见识过“富庶而温馨”的澄川家，不过“充满爱意”这一点我倒是深有体会。毕竟，这一点到现在也没有改变。而我越是在家中感受到这一点，就越是确定自己很久以前便懂得了的道理——满溢的爱，未必会让人幸福。在我家就聚集了一群被满溢的爱所折磨的人。

令这个家的命运发生巨大转变的转折点，正是长子澄生的死。这一点，全家上下无人不知，当然我也不例外。只不过那时我只有五岁，而我最初的记忆也是从那时开始的，所以无论什么转折不转折，我所熟悉的，就只有改变之后的澄川家。

但我可以很肯定地说，虽然有些模模糊糊，但我终究还是记得澄生的。我也曾被那个比父亲年轻很多的男人抱起来，在他的臂弯中哭过、笑过，就那样沉入梦乡时的舒适感也还残留在我的记忆里。那个怀抱应该是类似于青草的味道吧，我回忆的时候总会这样想，可又觉得会不会是自己把他的味道和在草地上玩耍时的味道搞混了呢？

澄川澄生是个任何人都讨厌不起来的少年。这种话我至今也能经常听到。然而在我上初中时，却又是另一番情形。光是听到澄川这个姓氏，老师之间便是一阵骚动。随后，大家你一言我一语，纷纷讲起了那个依然留在自己心中的澄生。甚至是在他活着时应该连面都没见过的高年级学生，也特意跑过来看我，这样的举动真的吓到我了。我的哥哥，被他们视如传说中的人物一般。“早死的威力真大啊。”我不禁这样感叹，结果被另一个哥哥创太听到，他立刻大发雷霆。倒也是，像我们这种人，再怎么早死也不会成为传说。

不过倒是有个人对我说过：“才十七岁就丢了性命，你哥哥一定很懊悔吧。”也许吧，若是经过与病魔长期艰苦卓绝地斗争之后再死去，说不定的确会饱尝各种焦躁之情。然而像澄生的那种死法，大概是没时间感慨这些的。倒不如说，会为这种事懊悔心痛的，只有那些剩下来的活着的人。家中除我之外的另外四人，至今还在某处痛苦着。无论是诚父亲，还是真澄姐，又或者是创哥哥。至于母亲，她不但被痛苦彻底击垮，甚至到现在都无法恢复。你知不知道自己到底让大家受了多重的伤啊，澄生哥哥！

父亲说，澄生去世前的母亲，简直像女神一样。父亲这人时常说一些电影台词似的话，所以我听了也只是将信将疑，反而是创太在旁边非常认真地补了一句“就算不是女神也很好”，让我立刻有了真实感。

女神啊，真有一个那样的人待在家里，该多麻烦啊。不过，不知是幸还是不幸，我认识的母亲，只是个病人而已。而且，因为从我记事开始她就一直是个病人，所以我从一开始就对很多事都不抱期待了。澄生的事，我多少还有些印象，却很难回想起健康时的母亲。也许是那些因她而起的沉重片段，将美好母亲的印象一点点碾碎了吧。时至今日，哪怕是女神的一小块碎片，都没有留下。但我还是相信过去曾经有过那样一段时期，相信那个小小的我一定感受过女神所恩赐的温暖与甜蜜。

我也还记得创太带我去医院的事。那是母亲刚刚住院的时候，从结果来说，我们并没有见到她。因为天气炎热，我被特许可以随便撒娇，以至最后非要让创太背着我走，还为此开心得不行。那时候，我的手从后面环住哥哥的脖子，感觉到不断有水滴似的东西落下来。

“创哥哥，好像下雨了呢，快点儿走，快点儿走。”

听我这么说，创太向着车站方向小跑起来。由于背着过于沉重的我，中途好几次都险些摔倒，但他还是一直把我背到了车站的售票处前。

被放下来之后，我紧紧握住他的手。他说该买票了，让我稍微放开一下，我却握得更紧了。因为我很害怕。在那个瞬间，我猛然意识到那些水滴并不是雨，而是他的眼泪。事态已经严重到会让一个做哥哥的人哭起来，当小孩的心中察觉这一点时，便会感到无边的恐惧。

在此之前，我对身边的人会无条件地保护我这一点深信不疑。就算是那样的母亲，在状态好时，也是会把我留在身边的。这让我时不时也能振奋地想——不管病得多严重，大人到底是不一样的。

然而，理应比我坚强很多、理应对所有问题都坚定不移的创太，却哭了。明明他已经长到可以毫不费力够到站台售票机的高度了。

是因为没见到母亲才哭的吗？真是种难以置信的想法。我突然明白了人的强弱与年轻与否无关，与体形大小无关，也与是男是女无关。

只能如此了，我幼小的头脑中思考着，能保护自己的人就只有自己。而且，有些人虽然看起来强壮，也有需要我来保护的时候。

创太对我暗中下定的决心毫无察觉，依旧抬着头不安地看向路线图。他小声地自言自语着“急行不停这一站”之类的话。干涸的眼泪与鼻涕拖出长长的轨迹，一直延伸到他的耳边，大概是在将我放下来时已经慌慌张张地擦过了吧。哎呀，真脏。我心里想着，把手背在身后，手指摆好，心里默念着“脏脏走开”。出远门果然还是要跟大人一起才行，我暗暗叹了口气。那段记忆中，自己因为跟创哥哥出门而渐渐开始羞耻的感觉，为此而垂下的脑袋，还有并非因天气导致的双颊发热，我都记得一清二楚。四周明明很热，当时的我却出了一身冷汗。

那已经是将近十五年前的事情了。可那对小小的兄妹还是时常出现在我脑中，既清晰又模糊。那时出现在那里的那两个人，真的是我和创太吗？明明应该是中心的位置，为何总让我感觉是一望无际的空地呢？就仿佛是那两个小小的身影在故意扰乱我的记忆，让我不得不反复想起——于是不会忘记——自己来过这样的地方。在我的身体里，生活着各种各样不同时期的我，每当有什么事发生，她们就会出现，并且会教导我一些东西。比如，以澄生的死亡为界，澄川家变形后的样子等。

在一个家族重组的时候，究竟会交错着何种感情呢？那单薄的记忆逐渐由我补充完善起来。

真澄宣布不上大学以后，如浑浊沼泽一般的澄川家终于又感觉到了空气的流动。就像是被她这个决定打开了一条风口似的，所有人都突然意识到外面的空气是如此新鲜——当然，除了母亲。

虽说是为了维持这个家的生计，不过这其中恐怕还有另一个原因，是真澄自己一直都想要做出改变吧。大概是她的直觉告诉自己，如果没有人来踏出这不同的一步，澄川家就要毁了。

继真澄之后，创太也做出了自己的改变。为了脱离我们，一直以来上私立学校体系的他特意跑去参加了外面高中的考试。就结果而言，我觉得这不失为一个明智之举。他在市立的高中结识了一群志趣相投的伙伴，大家又一起从市立的大学毕业，然后就职，至今还愉快地保持着联系。并且，其中一位还成了我的恋人。

“哥哥和姐姐都已经脱离了富家子弟学校，你有什么打算呢？”我非常清楚父亲在这样无声地问我。我本打算假装毫不知情地无视，谁料真澄跑来，毫不客气地当面质问我。

“作为管理家中财务的人，有件事我要先跟你说清楚。家里现在这种情况，说白了，已经没有钱再供你去上那种贵族学校了。你也很清楚吧，那边是不让学生打零工的。”

“你不会是想说让我也去参加高考吧？”

“要不然，你现在转学去公办的学校也行。”

真澄的口气，就好像她已经离开澄川家自立门户了一样，我赌气地扭过脸去。

“我不想离开那里，不想自贬身价。”

“你……在说什么啊？”

我知道真澄气得脸色都变了，但并不打算理她，站起身直接走回了自己的房间。身后传来她的怒吼声：“你知道家里现在是什么状况吗？！”可是，这不是明摆着的吗？

第二天，我当着全家的面宣布，自己不想这么快转学，如果可能的话，也不想参加高考。不过我最后附加上一点：我会一边打工一边上大学，尽量不给家里增加负担。

真澄当然是断然反对的，父亲和创太则露出难色，面面相觑。原以为会一直僵持下去的谈话突然被打断了，出声打断的人竟然是母亲。

“那所学校啊，可是照顾了母亲家一代又一代的人呢。”

“所以呢？”真澄生气地反问道。

“就让她继续上吧，如果千绘真的那么想上的话。要是继续住在这里很困难，母亲可以搬到别的地方去。”

所有人一下站了起来，几乎要一齐语不成声地哭喊：“求你了！快别想这种事了！”

母亲状态不错的时候，偶尔会这样任性一下，比如“母亲也要试试出去上班挣钱”呀，“今天就先从收拾小澄的房间开始吧”之类。真顺了她的意，可就麻烦了。如果我们让她为所欲为，而她事后发现并没有达到自己预期的效果，那么紧接着她就会陷入没能说到做到的自我厌恶中，再次一蹶不振。如此一来，她就又要挣扎着重新振作，而触手可及的救命稻草……还是老样子。为了不让她再次逃避于醉酒之中，这个家里的人事事都小心谨慎着。

“没关系！我来想办法！”父亲拍着胸脯说。

“想什么办法？”真澄奇怪地看着父亲。

“光是千绘一个人的话，怎么都能解决的。”

“真是的，我不管你们了！”真澄甩下这句话便离开了，为了表达自己的怒气，还特意踏出重重的脚步声。她疲于照顾这个家的各个方面已经很长时间了，这一点就连最清闲的我也很清楚，而且我同样很感激她如同母亲的替代者一般照顾着我们。然而，即便如此，她也不能认为自己对家中的一切事物都有着百分之百的决定权啊。

“阿诚，你真的有办法吗？我还是觉得，千绘更适合留在那所学校，至少要让我们的女儿留在那里呀。”

我偷眼瞄向创太，只见他的表情没有发生任何变化，完全看不出在想什么。

我们的女儿吗？我是这个家中，唯一有资格附加上“我们的”的孩子。从血缘的观点来看，我自然当之无愧，可一旦被母亲这样顺嘴讲出来，必定会伤害到真澄和创太，甚至还有澄生。就算是被这么叫的我，也会觉得有一点点悲哀。

“我们的孩子”，我从出生开始便是“我们的孩子”。曾几何时，这个称呼也是一种祝福，只可惜我对那个时期毫无印象。在记忆中，每当他们这样称呼我，必然是家中迎来了重大事件。慢慢长大，我更加确定这一点。那感觉就好像自己是为了把大家拴在一起而出生的，像胶水一样避免了澄川家变得支离破碎。

2

武郎问我二十岁生日时想要什么礼物，我绞尽脑汁地思考了一阵，却什么都想不出来，最后只能说没什么想要的。武郎听后瞪大了眼睛，他说我这个年纪的女孩子想要的东西应该数不胜数才对。而我对“这个年纪”这个词大发雷霆。不要把我跟其他人相提并论！因为，我是特别的。

为什么我能这样自命不凡呢？那当然是因为我被眼前这个人——津野武郎——爱着。只要跟他在一起，就会有一种被别人需要的感觉围绕着我。即便不是需要我为他做什么重要的事，那也无所谓。

像是一个人吃饭太无聊，或者演唱会的票刚好多出来一张，还有想要一个一起打游戏的伙伴，等等。这种因无所谓的理由而产生的需求，被我称为爱。

武郎是创太高中时的同学。两个人虽然没考入同一所大学，但至今仍然保持着亲密的朋友关系。我们是在我刚刚进入高中没多久的时候相遇的，当时我跟着创太去参加武郎所在大学的学园祭。创太向他介绍之后，他说着“啊，你好你好”伸出了右手，那种轻松愉快的感觉我很喜欢，所以我就选他做男朋友了。

事后跟他说起这一段，我被笑话了好一顿，而他怎么都不肯说选中了我这种话。

“我说啊，千慧佛，”——这个武郎专用的称呼也是他一拍脑门想出来的——“男人和女人打算交往的时候，当然多少以互相选中为前提了。”哼，虽然我听信了他这种说法，但无论如何，我还是觉得自己相中他的速度更快一些。

我为了逃避从中学开始便受到的霸凌，全心全意投入了与武郎的交往当中。不可思议的是，过了一段时间，我被找麻烦的次数真的一点点减少了，不知不觉间，甚至迎来了相安无事、平静和睦的生活。在此之前的那些冲我而来的负面关心都是怎么回事呢？

或许是在与年长男人的亲密接触中某些东西渗透进来，在我周围撑起了一层屏障吧。像那种小女生的恶作剧，十分轻易地就能反弹回去。活该！我啊，和你们不在一个级别了呢。

经常有人说，无论那些无聊的家伙给你带来多大的不快，都不可以生气，不然你就变成和他们一样的人了。我认为，倒不如说不生气才会变成跟他们一样的人呢。所以，我是不会熄灭怒火的。

我之所以会遭到霸凌，全都是因为澄生。“哎？你是那位去世的澄川同学的妹妹吗？”本来这种问题不只是老师会问，其他孩子也经常来问，所以我已经习以为常。但自从进入中学，一切都变得不一样了。

从前哥哥的名字就只是名字而已，但伴随着他的成长，许多人将自己的意愿加诸其上，最终将他供奉成了非凡的神物。于是，即使并非自愿，我也必定承蒙这个名字带来的恩惠而占尽便宜，这在她们看来大概是不可原谅的。

所以说，将备受老师关怀的我，作为一个不可原谅的对象，是她们的“发明”。享有这项“发明专利”的发明家，一定就在那群欺负我的人当中。其他人紧随其后响应起来，没多久便达成了共识——我是个沾了哥哥的光到处占便宜的家伙。

我也曾向真澄和创太询问过他们两人上学时的情景，但并没什么收获。他们都表示自己在校期间虽耳闻一些纷争，但具体事实如何就不清楚了。关于霸凌的问题也是一样。

“啊，不过，也有可能因为我们是澄生的兄妹，总受到特别关照，所以才不知道这些事。”

创太以前都是管大哥叫“澄生哥哥”，但自从考进另一个世界的市立高中，他就改称“澄生”了。我曾经看到母亲因为这个而斥责他，说这种称呼太冷漠了，好像对待外人似的。从那儿以后，他就只在母亲面前使用以前的称呼。明明这称呼已经不适合创太这么大的人叫了，然而母亲却毫不在意。

“即便澄生已经死了，他的影子依然留在学校的各个角落中，并且守护了我们。多亏澄生，我和创太的学校生活才能如此顺利。这一点即使在他死后也依然持续着。”真澄如此说着，脸上浮现出微笑，陷入了对美好时光的追忆中。过了好一会儿，她才突然回过神来看着我。

“所以，这种影响现在还在继续吗？”

“继续什么？”我慌慌张张地问。

“我是说，到了千绘这一届，澄生的影响也还在持续吧？”

“嗯……老师什么的，经常会跟我说点儿有的没的。”

“哎？那周围的朋友呢？”

“就把他当伟人一样吧。”

创太一下瞪圆了眼睛，真澄一口水喷向旁边。

“不愧是澄生。”真澄的这句感叹，我也有同感。不过，在心境上，我跟她这个姐姐可谓大相径庭了。我之所以觉得不愧是澄生，是因为他明明已经死了，却还能时常被选入我那个希望去死的三人名单中。明明都已经死了，我却还时不时地会希望他死得更彻底一点儿。

都说成年以后就是大人了，我觉得这倒未必。不谦虚地说，我觉得自己早在二十岁之前就已经是大人了。以我成熟的头脑来分析，霸凌明显是一种欠缺想象力的行为。只要用自己中学的回忆跟现在新闻报道的状况比较一下，就会使我更加确信这一点。要做到换位思考是需要想象力的，而那些人简直跟想象力这个词不在同一个次元。

我要说的是，会欺负人的孩子，真的只能想出些想象力贫乏的主意。从古至今，他们那种手段——哦不，应该叫“伎俩”，这样才更加符合那种浅薄无聊的感觉，但还是没有比那种行为低级——是为了追求样式统一的美感吗？那种毫无技术可言的伤人伎俩，真是一脉相承。

起初，她们也是从无视我开始的，但并不是单纯的无视，而是一定要让我发现自己被她们无视了，非常刻意。比如，特地跑到离我很近的地方，做出一番大家其乐融融的景象，并且使用各种手段让我意识到只有自己是被排除在外的。

一旦这一步成功之后，接下来就是口头攻击了，再接下来会稍微加一点儿暴力，随后就进入了刹车失灵的状态，一切仿佛坐上了直达底层的下行电梯。

最终，悲惨的结尾……将要上演却没能上演，因为我们学校都是娇气的高素质人群，所以不会让这种事发生的。欺负人的孩子总是会在闯大祸前及时收手，绝对不会搞出大事件。相对地，他们还会特意制造一些暴力行为让周围人知道，以此来混淆视听、模糊概念，以便缓慢而又阴暗地继续欺凌别人。

发明出适当的理由将我作为欺凌对象的人，恰恰是我直到不久前还把她当作好朋友的一个人。从结果看，是我错了。其实，中学时期无论是关系好的人，还是那种称为朋友的人，都不过是为了学习生活的便利而存在的，也就只有这一种用途而已。

真澄和创太他们并没有配合那种人行动的必要。因为有澄生守护着他们，无论活着还是死后。

可是我呢？澄生的有效期早就该过了，然而他还稳如泰山地待在那里。我的学校生活就全浪费在把过了期的药当宝贝似的拿着不放的大人，以及觉得这种药古怪的小孩之间了。

最讨厌澄生了。

我在心里无数次想着。

澄生死了最好。

真是的，明明他是早就去世了的人。这样自言自语着却还是把他加到了名单上的我，像个傻瓜一样。

我曾经跟武郎讲过那时的心情。我记得那时我们正裹着一条毛毯，窝在沙发里看电影。电影的内容是关于高中生活的，于是我看着看着不由自主地想起了以前的事，就和他随口聊了起来。没想到他停了画面，十分认真地听着。

“希望死去的人再死一次，千慧佛真是冷酷啊。”

“那时我还小嘛。”

“现在也没什么变化吧？而且这又不是多久前的事。”武郎胡乱揉着我的头发，他的语气异常平静。

“你那个‘希望去死的人名单’上，是不是曾经也有我啊？”

“怎么可能？”

“说不定什么时候就会放上去吧？”

“不可能有那种事啦！”

如果不是发生了那些事，澄生肯定不会出现在名单上，比他合适的大有人在。说到底，那个名单不过是我胡思乱想出来的，还能怎么样呢？

比如，前不久的一天下午，我跟武郎一起走进了一家乌冬面店。那家店有着淳朴的装潢和关西风味的浓郁浇汁，第一次去就牢牢抓住了我们的心与胃，是我和武郎都非常喜欢的一家店。只要去那家店，饭菜从来没有让我失望而归。

本来那一天也应该是这样的。我和武郎在店里会合，肚子咕咕叫着，等待我们的面端上来。然而这种满溢的“以饿相待”的幸福，却被一个坐在我们对面桌的上了年纪的男性客人给毁了。

我跟那个老头儿隔着武郎，算是面对面坐着，每次他夹起一筷子乌冬面吃的时候，总要大声地咳嗽几下。那种仿佛要把嗓子里淤积的痰吐出来的咳法，一般都不能在人前做吧。更不要说这里还是吃饭的地方！他还一次次咳个没完！我将饱含不悦的眼神越过武郎向他投了过去。

然而，那个人明明已经跟我对视了，却依然毫不介意的样子，吃一口咳一通，吃一口咳一通，非常有规律地进行着。

武郎也察觉了我的视线，偷偷向后瞄了一眼，然后耸了耸肩，对我露出宽慰的微笑，像是在劝我不要介意。

“来了来了。好香！专心吃乌冬面吧。”

我觉得他说的也没错，就点点头，拿起了筷子。我们一起品尝美食的时间当然更重要些，确实不应该搭理那种老头儿。

然而，实在太吵了。那种好像随时会一口痰吐到桌子上的声音，丝毫没有停止的意思。我已经使出浑身解数把注意力放在眼前的饭碗上了，可是他从嗓子深处全力发出的“咳”的声音，还是让我无法忍受。

即便如此，我依然拼命地吃着，吃到分不清嘴里的东西究竟是不是乌冬面，吃到眼里都涌出了泪水，还是拼命地吃着，咕咚咕咚地喝着面汤。然后，等我回过神的时候，老头儿那边已经恢复了安静。

我总算松了口气，不管怎么说，虽然碗里剩下的东西不多了，但是从现在重新开始，享受这顿饭也为时不晚。这么想着，我抬起头来。

那一刻，我看到的冲击性景象恐怕这一辈子都忘不掉。那个老头儿，把用来夹东西的筷子尖伸到茶杯里哗啦哗啦地涮起来。

我一下子闭上了眼睛。武郎感觉不对，连忙问我：“千慧佛，你怎么了？不要紧吧？”

不能说！我想着。伴随着一声“结账”，我知道那个可恶的客人总算离开了，于是睁开眼睛。武郎忧心忡忡地盯着我。

我很喜欢他那种表情。但是，那也是个非常可怜的表情，让我觉得有点悲伤。

“什么事都没有，不要紧的。”

虽然表面上这样应付着，可我并不是不要紧，一点儿也不是。我心中喷涌着恶毒的诅咒：那个……臭老头儿……快点儿消失吧！绝对会不得好死的！不过，那家伙其实真的快死了吧……总之给我消失！

名单上就应该都是那种人才对，会让我想着“他现在一定已经消失了吧”，来将其从我的人生中抹杀。

又或者，是下面这样的人。那是母亲刚从医院回家不久，体力和精神都还没有恢复的时候，尽管不知道还要重复多少次，但也满怀希望准备再次出发的时候。

不管多少次，每当我看到刚刚出院的母亲，都会由衷地为她的美丽赞叹。就在几个月前，她还是一副背负了世上所有不幸的样子，不停地喝酒，喝到不省人事，昏死在地上。可是在得到批准，从医院回家的路上，她又能充满双颊泛起玫瑰色的少女风情，说着自己的梦。那个时候，她绝对不会提起“澄生”这个让自己沉迷于酒精的名字，反而把“母亲也要重生了”当成了新的口头禅。

只是这样的日子并不会持续很久，也正因如此，对于每天都患得患失的澄川家来说才异常宝贵，每个人都无比珍惜能与母亲共度的温馨时光。而我腐坏的心情也变得清爽起来，所以只要母亲说想出门，我一定会陪着她。

那时，我和母亲两个人正要去车站前的甜点店。在母亲住院期间，创太曾经给母亲买过一种橘子果冻，是将一整个橘子挖开洞，然后直接灌入果冻做成的，有着简单而浓郁的香气。打开盒子的瞬间，母亲的眼睛立刻恢复了生机。

“啊！小创，这个是从哪里买到的？和村上开心堂的好事福卢一模一样！”

母亲的赞叹声让创太有点不好意思：“诚父亲去京都出差的时候，母亲不是经常托他带这个回来吗？看到您经常吃这个，所以我想这应该是母亲非常喜欢的东西吧。然后，前阵子我在车站旁边看到了差不多的东西，虽然味道可能跟以前不太一样……”

“已经很好了，母亲好开心……”说着，母亲舀起一勺果冻含进口中，然后就一动不动了。我还想着她是不是在专心品尝味道，结果母亲却哭起来了。

“小澄也非常喜欢这个。可是，他现在已经吃不到了……”

我几乎要出离地愤怒了。这个人完全不懂，别人特意表现出温柔是多么辛苦的一件事，那可是比出自本能的温柔更加难能可贵的东西啊！

我咬牙切齿地望向旁边，正好看到了一动不动的创太。该怎么说呢？他脸上的表情仿佛被打蒙了一样。

真澄说，那是创太好不容易才练成的一种自我保护的机制。而我，完全听不懂那是什么意思。

总之，母亲都已经这样了，我就一心认为对于这种会让自己想起澄生的味道，她肯定再也不想碰了。所以，当出院没多久的母亲说，要去吃那种和她喜欢的京都点心很像的果冻时，我感到非常意外。

“我重新想了一下，觉得能够共享钟爱的美食，也是一种很棒的回忆。哎呀，好想体会一下那种小澄又重新活过来一样的开心呢。”

突然，母亲就变成了正常人，我一边目瞪口呆，一边突然轻松起来，赶紧做出门的准备。她是真心打算向前迈进的，绝不能放过这个机会。

那天下着雪，天气很冷。本来我一个人到店里买回来给她吃就可以的，但是母亲说想去外面吃。

“正好想把前阵子圣诞节时阿诚送我的蛇目伞撑出去试试呢。”

说着，母亲撑起那把古色古香，用和纸糊成的伞，自豪地向我展示着。其实内心深处我是不想跟她一起去的，但是我连片刻的迟疑都没有，还满脸微笑地催促她快点儿。

雪中的母亲非常显眼。黑色的开司米山羊绒外套，加上内衬是蛇目图案的纸伞，这样的搭配太过新颖奇妙，在我的眼中显得无比洒脱。而她自己也为能随心所欲地打扮出门感到骄傲吧，所以挺直了背，走得英姿飒爽。看到母亲这个样子，我简直要相信她已经恢复了，并为此落泪。大家所说的“从前的母亲”，也许就是现在这样的吧。

走过窄路时，母亲为了照顾擦身而过的人，将手上的伞适当倾斜，请对方先通过。这样一来，对方也会同样将伞略做倾斜，通过时还微微点头致谢。这种感觉真的非常好。这便是传说中的江户风情吧？我于是问母亲，她听完立刻露出得意的微笑。那样充满自信的表情，正是我从小便无比盼望，然而可望而不可即的，是母亲能给我的最好的褒奖。

正是我醉心品尝喜悦的时候，一个穿着超短裙的时髦女人从母亲身边走过。那个女人也就比当时的我大个几岁，是那类通常被称为“辣妹”的人，眼睛周围贴着像羊栖菜似的假睫毛，画着我非常不擅长的浓妆。

那个女人脚步飞快，从正准备给她让道的母亲身边大摇大摆地走过去。错身的瞬间，母亲没来得及放下蛇目伞，与她的塑料伞撞在一起，滚落到地上。那女人瞥了一眼，然后嫌弃地说：“打这种老气横秋的伞出来，不知道会碍别人的事吗？”

“你怎么说话呢！”我想都没想便冲着她的背影大喊起来。然而那女人头也不回，仿佛没听到似的就那么走掉了。好一阵子，我都气得咬牙切齿，等回过神来，才慌忙想起去看母亲。

母亲没有去捡掉在地上的蛇目伞，就那样垂着头站在原地。突然大起来的雪，在她头上、肩上堆积起来，她看上去就如同一尊被扔在路边的雕像一般。

“母亲……”我走过去叫了她一声。母亲慢慢抬起头来，看着我。刚刚还飘散在她周围的自信感如今已经分毫不剩。她的眼神充满怯懦，仿佛在求救。

“母亲。”我再次叫她，抓着她的手腕摇晃了几下，她才颤抖着嘴唇说：“果然，母亲会碍别人的事呢，果然除了给别人添麻烦，就什么都不会了。”

我没有回答她，转而弯下腰去捡地上的蛇目伞，然后就像个老太太似的弯着腰，没有直起来。未来的我，或许要一直保持这个难看的姿势了，我想着。可是，凭什么啊！

我没有哭。我成了用怒火代替眼泪的人。为了跟世上那些无聊的家伙拉开差距，我必须如此。我要把那个大冷天里还光着腿到处走、脸上粘着黑色的羊栖菜，以至于都找不到那双小眼睛在哪儿的无礼之徒写到名单上。消失吧！消失吧！那种家伙就应该如我所愿地消失。跟那个乌冬面馆里的老头儿下到同一层地狱去吧！

母亲说已经不想吃果冻了，于是我带着她原路返回。

到底为什么呢？这些人都还活着，但是那个已经被我从名单上删掉的人，却死了呢？那个曾经发明了欺负我的理由的……

女孩子。

3

“千绘，生日快乐。”真澄说着，将小小的礼物盒递给了我。那是我二十岁生日的早上，虽然我家没有大家聚在一起办生日会的习惯，但还是会用各自的方式小小地庆祝一下。就算是很早以前便离开家独自生活的真澄，也必定会在我生日的前一晚回家住，然后在清早起床之后立刻把礼物交给我，再匆匆忙忙赶去上班。她确实遵守了自己的诺言，为了帮父亲分担而竭尽全力地工作。托她的福，父亲的公司再一次回归正轨，最近还有了不少盈余。创太也找到了工作，能给家里上交生活费了。而我也打算上了大学可以打工之后，努力赚钱，多少改善一点儿家中的经济条件。身为花过巨额学费的人，我一定要尽可能地、谦逊地获得他们的赞赏。

真澄送我的礼物是一个钟表戒指，戒指上装了一块小而古典的钟表，大小尺寸正好戴在右手无名指上。不过这个戒指实在太精致了，我总觉得自己没什么自信能配得上。

“太漂亮了……可是，会不会太贵了？”

“这是把浪琴咏雅华的金科坤表装在戒指上做成的颠覆之作，可能已经没有这种零件了，所以你要珍惜哦。”

我突然想到了什么，“真澄姐，这表你是从哪儿得来的？”

“这个你就不要管了。”

说完，真澄就出门了，她要赶在父亲之前到达公司。

好一会儿，我都在对着光欣赏手上的钟表，并且在心中感叹，母亲和真澄姐的品位还是挺相似的，虽然她们的性格大相径庭。

甚至是这座透着一丝欧洲风格的美式古典住宅，也散发着一种与她们俩莫名相似的感觉。屋子中的家具和某些小摆设皆来自男女分工还很严格的时代。虽然真澄果断的性格看起来比母亲更具阳刚坚毅之感，不过她们到底是血脉相连的母女，多少也还是有相近的地方。可话说回来，母亲喜欢的东西，真澄似乎都很讨厌。按我那个姐姐自己的理论讲，比起血缘，生活习惯更能决定人相似与否。吃同样的食物，住在同样的地方，这样灵魂才会相像起来。

可能就是因为这个吧，真澄和创太才会为了电视剧里同样的情节落泪。那两个人互相之间肯定有着比我多得多的共同之处。而我能清楚地明白这一点，正是因为我跟他们两个都有相通的血脉。血缘这东西，时而浓厚，时而淡薄。

即便如此，我还是觉得将这样的手表送给妹妹当生日礼物实在是太贵重了。真澄倒说过这个也兼我的成年贺礼，可是，她真的有这个闲钱吗？

于是我发动自己的直觉分析一番，最终得出结论——这一定跟她那个重修旧好的男朋友有关。

这所房子以前的住户是一个美国家庭，真澄的男朋友就是那家人的儿子。他一度随家人回到了美国，之后又重归日本定居，并且子承父业，在市中心开了一家古董店。

某天，那个美国人来我家拜访，说想再看看这个充满回忆的地方，于是我们之间就有了来往。之后不知从何时起，他跟真澄发展成了男女朋友关系。发现这一点的时候，我和创太都不约而同地决定要对父母保密。因为他们肯定不会支持的。

那个人的年龄比真澄大了一轮，不过这种程度的年龄差也还在允许的范围内。外国人的身份放到现在这个时代也并不是问题。而且，他本来就是在日本长大的，对这个国家的文化和生活习惯都非常了解。真正的问题在于，那个男人已经结婚了，老婆还是日本人。

“不要找人家老公啊。”听到我这么说，真澄使劲挥了挥手加以否认。

“他老婆生病了。我才干不出那种坏事呢。”

那不是跟诚父亲一样的处境吗？我挖苦她。真澄摇着头，更加强烈地否认道：“是白血病啦，才不是母亲那种惹人厌的病！”

我明白她的意思。就在不久前，我跟武郎裹在毛毯里看电影时，当时选的是一部叫作《某首爱的诗》的老片子。有钱人家的儿子跟穷人家的女儿是同学，他们好不容易跨越身份的差异走到了一起，女方却得白血病死了，留下男主角自己在两人共同走过的地方回忆着女主角曾说过的话：“爱是绝对不会后悔的。”

美丽而悲伤，我醉心于为这部电影流泪的自己，偎在武郎怀中哭了很久。当时一点儿也不觉得这是某种类型片，然而，现在听了真澄的话，我却忍不住说：“哎？怎么觉得有点儿俗套啊？”

“喂，如果《某首爱的诗》里两个人有了第三者，客观上讲，你也会觉得很讨厌吧？”

“说的也是。”被我这么一说，真澄备受打击地垂下了肩膀。

在那之后，她跟那个男人不知道经历了多少次分分合合。每当我生日前一晚，真澄来家里住时，我们必定会彻夜畅谈女生话题。这是从她搬出去独自生活开始就从没变过的，一年一度的习俗。只有在那个时候，我会表现出连初中时期都不曾有过的坦诚。为此，我也会忽略平日里她回娘家时发生的小冲突，只在那一天表现出一位“闺密”所该有的尊重。不过有时候我也会放松过了头，说出非常不得了的话。

“自从交了那个开古董店的男朋友，总觉得真澄姐也变得满身充满霉味。你还是注意一点儿吧。”

“你这是什么意思？”

“就是说啊，你戴的那些首饰，我也看得出很值钱啦，但总觉得缺少点儿霸气。”

“霸气？首饰还要什么霸气啊？”

“换句话说就是青春感啦！真澄姐你才二十五岁左右啊，干吗戴那种好像从火灾现场挖出来的灰头土脸的耳环呀？”

“什么灰头土脸啊！这叫熏银好吗？话说回来，千绘你注意一下自己的用词好不好？前阵子自治会长有事来家里，你还跟人家说什么‘我老姐’来着吧？创太都听到了。在外人面前要说‘我姐姐’。啊，真是的，小时候明明还会真澄姐姐、真澄姐姐地叫着追在我后面跑呢。”

“那些事我早不记得了。”

真澄一下子沉默了。我不再叫“真澄姐姐”，一定不是因为她做错了什么，可是沉默之后，她还是向我道歉，说了句“对不起”。

包括古董店的男人在内，真澄已经有过很多次分手经历了。有些是她自己告诉我的，有些是我从创太那里听来的。可是，为什么每一次都不能长久呢？

即使是经常会用“个人隐私”这个词教育我们，让我们少打听闲事的真澄，在我生日前一晚也会变得有些不一样。只有那个晚上是可以畅所欲言、不拘礼数的。英文中管这个时间叫作 girls talk。

面对我的疑问，真澄只回答了一句：“因为害怕。”

不是很理解她的意思，我歪着头盯住她。

“举个例子，一对情侣经常会约好时间在哪里见面吧？对方迟到五分钟，我心里就会想怎么回事；迟到十五分钟，我就开始担心他是不是出什么问题了；迟到三十分钟，我就会觉得他一定是出事了，然后坐立不安；迟到一小时，我会觉得这人已经死了，然后开始在心里吊唁他。”

据说，真的有个男人因为人身事故导致的电车停运而迟到了一个小时。

“那时我们刚交往不久，他对我也不是很了解，所以听到我当场就要跟他分手，他完全愣住了。很奇怪吧？就算是人身事故，就算是死了人，我也还是没办法原谅迟到一小时的男人。一直都是如此。大概从那以后，我在他们的印象中就被定义为一个严格守时的女人，想不分手也很难了。”说完，真澄自嘲地笑了笑。

“这跟澄生哥哥突然死掉有关系吗？”

我这么一问，真澄回了句“谁知道呢”就停住了话头，仿佛在寻找适当的语言。我不禁怀疑，这个人是否自哥哥死以后一直都处于这种状态。

“的确，是澄生让我明白了，深信着明天还会见到的人，亦有再也回不来的可能。不过，作茧自缚地将这个道理套用在自己人生上的人却还是我自己。澄生呢，是个限定了我们家发展方向的坏人。不过，他也没有强迫所有人都必须按照这个方向走下去。我们其实是有机会修正各自的人生轨道的，但就是……有做不到的人。我也是这样，而母亲就更严重了。”

“那我呢？我是怎样的？真澄姐，你觉得呢？”

“小千绘啊，”真澄说着捏了捏我的脸，“你从一开始，就是个想去哪里就去哪里的人呀。”

“是吗？”我不太相信地问。我身负着将家中所有人联系起来的使命，并且责无旁贷。难道这只是我的一种自恋吗？

“每当我跟一个人变成恋人后，就会忍不住想如果这个人死了，我该怎么办。我的感情融合了与这个人在一起时的幸福，以及对失去的恐惧。而我呢，总是被恐惧压制了幸福。一旦两人之间的关系开始加深，我的心态就会像那种因为怕输而宁可退出比赛的人一样，越来越自暴自弃。能够对这样的我不离不弃、不管经历多少次都愿意重新尝试的人，就只有鲍比了。”

“鲍比”就是她对那个开古董店的罗伯特的爱称。我也见过他几次，是个很有绅士风度的白人。我问真澄，在床上时他是不是依然很有风度，真澄对我发了好大脾气。

面临丧妻深渊的男人，以及因担忧会失去这个男人而惶恐不安的女人，在罗伯特眼中，真澄大概就是一种生的象征吧，能够给予他活下去的力量。然而，我的姐姐却丝毫没有意识到自己存在的意义，只是一味为心爱的人会不知何时落入死亡陷阱而忧心忡忡。

我重新审视着第一次戴到手上的钟表戒指。这肯定是那个美国人选的，或许就是他店里的东西，肯定是他用自己成熟稳重的眼光，为自己同时陷入痴迷和不安的恋人选的。而这件礼物就这么到了她妹妹的手上，是打算用这个东西将我从成人之日开始的时光铭刻下来吧。我带着这种意识，度过每一天。

真澄姐，你所重视的人，除了澄生哥哥以外，还都好好地活着呢。

4

有人说，葬礼那天下起的雨，是故人落下的眼泪。每次听到这句话，我都会不屑地想：那不就是低气压吗？不过，如果天气真能说明死者的心情，那我非常希望自己的葬礼那天是个大晴天，这样才能证明我是以了无遗憾的豁达心情结束这一生的。啊，说不定母亲家那位非常有名的曾祖母，也是在万里无云的晴空下被送往另一个世界的呢。说不定她曾躺在棺材里一路念叨着："啊——好开心啊！"

"你家那位曾祖母，真是太厉害了！人生的最后关头居然能说出那种话，这样的人生也太理想了吧。"每次聊起至今挂在我家墙上的那句遗言，武郎就会做出这种极为大众化的反应。所有人都这么说——"也太理想了吧"。

不过我对此却有些许怀疑，说不定那只是明治时代出生的女人最后的一点点倔强而已呢？"不许任何人说我的人生不幸"，心中高涨的这种自尊心导致她最终留下了那样的遗言也说不定。我是这样想的。

武郎听完惊讶地笑了："不会吧？临死之前谁还管什么自尊心啊？"

“小武，你完全不懂呢。”

“那……是说千慧佛你的自尊心就有这么高吗？”

“当然了。”我当即回答。何止是有那么高，我可是一直拼命死守着这份自尊呢。因此，就算除母亲以外所有的家庭成员都想让我转校或者参加高考，我都坚决地拒绝了。凭什么我要为了那些家伙而当个逃兵呢？这就是我当时的想法。面对那些看起来无害，其实却执着于欺凌别人的家伙，我一定要为保护自己的尊严而战。

那段日子漫长而阴郁，但我现在却非常庆幸自己当时没有逃走。长大成人后，我越来越能看清那些小孩的抱团行为有多么愚蠢。所谓欺凌，不过就是害怕变得形单影只的人，想尽办法拉拢关系时编造出的卑劣智慧。我早就在心中发誓不会向那种东西屈服。然而，我竭尽全力鼓起的勇气，却一次又一次地消失殆尽，令我为眼前的失败而哭泣。我不想让别人看到自己的眼泪，所以每次都是跑进厕所。这时候，他们必然会装作若无其事地追在我后面。带头的人，当然就是这种行为的发明家。

我祈祷着她的死，祈祷着那些追随她的人的死，然后偶尔，还希望澄生再死一次。不过，我一次都没有希望自己会死。要说这是为什么，那当然是因为家里已经失去澄生了，怎么能失去两个孩子呢？讽刺的是，我一边盼望着澄生再死一次，一边又借由澄生的死亡而得以活下去。

后来，我把当时的事告诉了真澄，她非常生气地诘问我，为什么不早告诉他们。这当然是我的另一种自尊心了。“澄川家最小的妹妹被人欺负”这种听起来就像凭空捏造的事，怎么可能讲出来？我可是令大家骄傲的澄川澄生的妹妹，却正是这一点成了让我身陷窘境痛苦不堪的缘由，这种话说出来也不会有人理解的。

其实从原来的学校脱身也不失为一个选项，毕竟考虑到我家的经济状况，就算转学，也是非常合情合理的，完全可以借此潇洒地逃走。如果跟与我有相同境遇的孩子聊一聊，大概他们都会毫不犹豫地回答：“逃跑即胜利。”

然而我却没有那么做。对我来说，逃跑就是认输。我的梦想是变成坚毅无畏的大人，这是我幼年时在车站售票处看到创太的泪痕时就下定的决心。这样的我怎么能够向那些蠢货投降？休想！

话虽这么说，可我毕竟赤手空拳。因为不想跟我扯上关系，之前和我比较要好的几个人也都纷纷离去了。虽然我并不讨厌孤独，但独自一人自然有很多不便之处。被周围人当作没有朋友的家伙，是最让我受伤的。其实，她们口中的朋友，才不是真正意义上的朋友呢。那只是按照教室中的生存法则，作为最基本的保障，拼了命也要找到的能跟自己结盟的人。太可笑了！我的原则与此完全相反。再说，这种事不管逃到哪个学校都是一样的吧。

我考虑过了，无论如何我都要想出应对的策略，可脸上越是焦急，那帮人就越会看笑话。

就在这些事没完没了的时候，我突然对周遭无穷无尽的麻烦感到非常厌倦。不管了，随便吧。这个念头冒出来的瞬间，我就变成了一个麻木的人。并不是自然而然的麻木，而是咬紧牙关训练自己麻木起来。其结果就是，我在任何时候对任何事都心不在焉。而我却发现这样一来，那些欺凌也都渐渐离我远去了。

我跟武郎就是在那个时期相遇的。认识他之后，在学校里当个麻木的人就变得越来越简单了，毕竟我只要想着他就可以了。想那些因莫名其妙的小事而相视一笑的默契，想那个落在嘴唇之外的吻，想那些把他叫出来时使用的无聊理由，而他又因为没有特别的理由，就赖着久久不肯回去……各种各样的他，可爱得任性。

恋爱原来是附带消音功能的。我突然觉得其他人那些饱含恶意的言行都无法进入耳朵了。如此一来，我就好像进行了置换一般，那些带着好意接触我的人也慢慢回来了。然后不知从什么时候开始，大家对我的憎恶感变得非常稀薄。

可能是她们厌倦了吧，我松了口气，但又觉得不会这么简单。也许是有其他发明家找到了新的目标吧，然后这些爱好欺凌的人就会像乌云一般流动过去。知道这一点后，我深深感慨幸亏没有逃走。我总算守住了自己的骄傲。

一直以来，我都在以冷静至极的眼光看待那些欺负我的家伙。冷眼看去，她们不过是一群落单后就一事无成的懦弱人，而且无知到连“欺负比自己弱的人只会降低自己的水准”这种事都不明白。连冲她们发怒的价值都没有，那些人只配得上轻蔑。你们这些人啊，在我心中早就死了。

那天也是如此，我带着这样的想法，呆滞地望着聚集在窗边的她们。摆着领袖姿态的那个孩子半坐在窗框上，俨然一副话题中心的样子，似乎正在得意扬扬地说着周末在原宿街头被偶像事务所的星探搭讪的事。周围的孩子不时发出“哎？真的吗”“好厉害”的赞叹声，只有我暗自腹诽那个故事多半是编的。要知道，你可是这种欺凌游戏的始作俑者啊，就你那张写满了丑恶的脸，怎么可能会被星探看上？而且她还在那边故意很大声地说“可是我完全没有兴趣啦”之类的。

慢慢地，我开始为自己心中升腾起的厌恶感到不安，于是从那个小团伙身上移开了视线。可不能再为那种人破坏自己的心情了，我甚至已经把他们从我的秘密名单中去除了，那就是一群真真正正无所谓的存在。无视！

就在这时，伴随着“呀”的一声出乎意料的细弱惨叫，空气仿佛瞬间凝固了一般，紧接着，几秒之后，所有在窗边的人都大叫起来。

半个屁股坐在窗框上的发明家，突然失去了平衡，从教学楼的窗边摔了下去，然后就那么——死了。仅仅两层楼的高度，只是她撞到的位置太不好了。这是命运的恶作剧。换作不久之前的我，或许会说是命运的善举。

在那场雨中举行的葬礼上，我突然明白过来，所谓“逝者的眼泪”这种话，并不是为死去的人发言，而是说给留在世上的人听的。许许多多的人，为了哀悼那个我所憎恨的发明家而哭泣。虽然班上大多数人看起来只是在连锁反应的带动下不得不哭一两声，但是我知道，那些亲人的悲叹都是发自内心的。特别是她的父母，看到她父亲呜咽哭喊、几近崩溃的样子，着实令人动容。

她也是被人深深爱着的，我想到。但是我也说不出因为已经死了，所以她的罪过就能一笔勾销这种话。坦白点儿讲，我对她的死没有一丝一毫的悲伤，完全哭不出来。不过有人看向这边时，我还是得用手绢按着眼角装装样子。

一个可能是她弟弟的男孩子，因为太过年幼，好像还不明白发生了什么。他从座位上站起来，想到处溜达一下，结果马上就被按住了。然后，他大概误以为大人是在跟自己闹着玩，不断发出嘎嘎的笑声。不知怎么，我盯着那个孩子渐渐看入迷了。

那个孩子就是我。不对，应该说，我曾经就像那个孩子一样。

而那个孩子，可能会渐渐变成我，又或者并不会变成我。

上过香后，我马上离开了葬礼现场，没有目送灵车离开。那个死去的家伙应该也不会希望看到我惺惺作态为她送别吧。那张遗像就是最后一面，我再也不用看到她的脸了。要不是我之前已经视她如无物，此时大概会喊两声痛快吧。但是我现在并不想那么做，对我来说，不知不觉间，她已经是个生死都没什么区别的人了。

我只会想起那个坐在死者家属席上的男孩，想着以后他都只能在双亲丧女之痛的阴影下成长。不知道什么时候他才会察觉，根本没有在自己的记忆中留下任何印象的姐姐的死，将会改变整个家。那个时候我突然明白了，这世上有无数的人被一场死亡改变了自己的整个世界。让一个人落入十八层地狱，只需要让一条命消失就够了。那个人越是不可或缺，你陷得就越深。

回到家时，母亲正在往花瓶里插花，是浓烈得几乎泛出黑色的红玫瑰，旁边摆着的，可能是用来装花的空箱子。从打开的包装来看，似乎是相当高档的品种。

母亲察觉到我回来了，隔着玫瑰对我露出笑容，说："欢迎回来。"

"那些花是怎么回事？"

"很棒吧？是阿诚送的，刚刚收到。今天呀，是母亲和他相遇的纪念日呢。"

我还是第一次听说有这种纪念日。

“你们以前也一直都庆祝吗？”

“庆祝倒不至于，但是他每年都会送花给我，每次都是选最好的花给我，不过最近几年大多是这家店的玫瑰。这是我非常喜欢的一家玫瑰花店。”

“玫瑰的话，咱们家院子里不也有很多吗？”

“哎呀，那是藤蔓蔷薇啊。虽然很可爱，但是刺也很多，对吧？再说，特殊的日子还是想要用特殊的花来装扮。”母亲说着，反复将花茎插到花瓶中，调整着花的姿态，“千绘今天回来得很早呢。”

我没有说话，只是点点头，坐到了椅子上。不想告诉她我去参加同班同学的葬礼了。目前，母亲还是会对年轻人的意外死亡表现过激。澄生被她当成天使一样保存在心中也就算了，连其他素不相识的孩子她都“视如己出”，也不知她是怎么想的，莫名深信着比父母早死的孩子都是纯洁无瑕的。

“啊，和花一起送来的还有玫瑰水。母亲现在就去给千绘泡红茶。”

母亲从橱柜中拿出了茶具，端起茶杯的手指纤细美丽，只有除掉尖刺的玫瑰才配得上那双手。

“母亲今天状态很好啊。”

母亲听了我的话，噘着嘴回过头来：“什么呀，我状态好的日子不是很多吗？阿诚和真澄都在努力维持这个家，我当然也要努力把家里收拾得漂亮些，让大家有个好心情呀，怎么能让人说状态不好呢？”

正如母亲所说，为了有个好心情，家里的其他人付出了多少辛苦。这种情况从我还是孩子就开始了，在我很快便厌倦悼念澄生的那个时候。

飘着玫瑰香气的红茶摆到我眼前。我能感觉到，这象征了大家为母亲小心谨慎地创造出的平和宁静。

“给，砂糖也是玫瑰做的，今天就尽情享用玫瑰吧！”说着，母亲将花朵形状的砂糖放进了杯中。那是有点夸张的动作，根本不像一个成年人。

想到这里，我不由得轻笑了一声。为什么呢？不等笑容落下去，一个已经完全被我赶出大脑的遗容突然出现了。

眼泪唐突地涌了出来，我自己也说不清理由。但是我很清楚，那并不是为了同班同学的死而感到悲伤。

母亲被突然哭起来的我吓了一跳，连忙过来抚着我的背问怎么了。我拼命地想要止住眼泪，不然的话，带着玫瑰芳香的魔法就要消失了。

我这样对自己说着，却怎么也不管用，不仅如此，在母亲“千绘”“千绘”的呼唤声中，我忍不住坦白：

“母亲，我一直受着别人的欺负——”

母亲什么都没说，只是紧紧抱住了我。坦白的话一旦开始便停不下来，伴随着呜咽声，我将自己的遭遇全部讲了出来。母亲的手一直抚在我的背上，那些话就像我从嗓子里呕吐出来的一样。

不知持续了多久，等我总算平静了一些，眼泪才慢慢止住。然后，我突然问道："母亲，澄生哥哥死的时候，千绘是什么样的？"

母亲用了好几张纸巾帮我擦眼泪，边擦边悲伤地叹着气，笑了笑："也哭来着，就像现在这样。"

"真的吗？"

"真的。大概是被大家传染的吧。这个先不说，是谁欺负你了？母亲去跟学校的老师说，让他们教训那个人。"

"不用了。"我说着，叹了口气，什么地方都有这种孩子。母亲的怒气过了好久都没有散去，一直在斥责那个没见过面的欺凌主谋。那种神态就像是打算插手小孩争执的家长，我忍不住笑出声来。

"怎么啦，千绘真是的！母亲可是在认真地为了你的事发脾气哦。"

"如果小澄还在的话，这种事一定不会……"我非常怕她接下来会这么说，于是慌忙转移了话题，询问起父亲在相识纪念日这天送花的经由。同时心中感叹母亲真是可爱，对于死去的儿子的关心胜过活着的女儿这一点，丝毫不加掩饰。我想，自己刚刚流下的眼泪，与当初澄生死的时候，尚且年幼而不懂人事，只是在大家的带动下哭出的眼泪，一定有着相同的成分。这些眼泪并不是为他人而流，只是为我自己。

不过我对这一点没有丝毫愧疚，倒不如说，这让我感觉很安心，或者可以说是一种被放任的轻松感。

我不想成为别人流泪的理由。一想到自己有可能会早死，马上觉得眼前一片黑暗，死又死得不够彻底，那就算是死了，在地下也会不得安宁吧？澄生哥哥，你该不会也是这样吧？

几天以后，我去上学时，在校门口看到了记者模样的人。听那些被问了各种问题的孩子说，似乎是在调查从窗口摔下去的女生有没有被别人欺凌。

“哎？因为受不了欺凌而自杀？哪儿可能啊，就她？而且也没人会从二层跳楼吧，一般来说。”

有人这样说道，引来周围的一片哗然。我并没有加入他们，只是用手撑着脸颊独自思考着。

真可怜，想不到她死后不是被曝光欺凌别人，而是被冠上被人欺凌这种污名，她也算自作自受了吧？不过我也不觉得多么愉快。你看看你父亲，哭得像是世界末日似的。

回想着她父亲那个烙印在我心中的身影，没想到面对同班同学这种赚人眼泪的死亡，我也会由衷地为她哀悼。

5

不可或缺的人先于自己辞世，到底是一种什么感觉呢？由于澄生的死，我的家人应该都饱尝过那种丧失感了，只不过感受的人不同，体会到的感受也不同。我曾经想，这大概是源于活着的他，是以怎样的姿态反映在每个人心中的吧。

可现在我又觉得不只是这样。实际上，这跟身体与身体的接触程度也有很大关系吧？与澄生进行肉体接触最多的便是母亲，所以当这种感觉被突然夺走时，她会变成现在这个再也无法振作起来而只能依靠别人的样子，也并非毫无道理。而对他只保留下些许模糊记忆的我，丧失的程度就远不一样了。

假设，澄生能够活到结婚生子，并且一直生活于母亲触手可及的地方，就在准备与妻子长长久久幸福下去的时候突然丧命，那又会怎么样呢？比起母亲，他带给妻子的丧失感应该会更大吧？还是说潜意识里始终重视血缘有无的母亲会最终获胜呢？

想到这里，我自己都愣住了。获胜，这是什么意思？在丧失感这种事上怎么还会有胜负之分呢？越是爱得深切，失去时就越痛苦，这种事是可以预见的。虽然也会有人不管受了多重的伤，在那种时刻也依然挣扎着要重新站起来。

如果真的如此重视死去的人，难道不该把这种心情用来重塑那段情吗？啊，真让人干着急！忍不住想让澄生自己来说说看，现在，他到底是希望母亲坚强一些，还是萎靡呢？又或者，他会像照片中那样，平静地笑着说“母亲不用勉强自己去努力”吗？

而我则怀揣着这些事，来到了生养武郎的这片土地上。不过，心心念念想着死者也不都是我的错，毕竟现在是盂兰盆节[1]假期，而且我们所处的地方还是墓地。这片位于树林入口的墓地，正是津野家历代先人长眠的地方。我们在遍布苔藓的美丽矮墙外找了片空地坐下来，映入眼帘的是无数高出地面的小土包和摆放在上面的石头，或者插进土包中的木片。细看这些被风雨侵蚀得哗啦作响的薄片，认真分辨的话，还能看出上面的文字。原来都是给这个家中曾经饲养的猫狗等动物充当墓碑用的。

“过去没有宠物公墓，所以大家都是埋在各自的院子里，我家则是埋在这里。现在养着的那些估计以后也是，都要埋到这里来。这附近也没有给宠物举行葬礼的服务，所以我们得自己埋，自己上供。那些都是我们几个兄弟一起干的，大家兴高采烈地挖着洞，不知不觉间就忘记了悲伤，变得开心起来。”

武郎的老家在栃木县的一个山中小村里。当然现在那边也

1 盂兰盆节：也称“中元节”“鬼节”，是日本祭拜故人的节日。

有了沿街的大型 DVD 出租店和购物中心，但在他小时候，还是一派时代剧中的乡下景色。

“晚上就真的是晚上。”他是这样形容的。生长在东京的我——虽然是东京郊外——的的确确认为那片土地的夜晚是我至今见过的、最真实的黑夜。昨晚从附近温泉浴场回家的路上，我就这样想着，然后紧紧握住了武郎的手。在一片黑暗中，仿佛总有现实中并不存在的东西在静候着我们。

“再过不久就是你大哥的忌日了吧？有什么打算？”

“什么打算？”

“嗯……比如上香之后，全家人追忆着故人一起聚餐之类的。”

“上香啊……我家连供台都没有呢，熏香、线香什么的，就更不可能出现了。”

“哎？那你们是从什么步骤开始祭祀的呢？你们家怎么供奉啊？”

“就不供奉呀。我们家都是当澄生哥哥还没死，好像他偶尔或者暂时不在的那种感觉。”

“哎？那不是很奇怪吗？”

当然奇怪，全家都知道这很奇怪。就算是我母亲，心里也很明白的。但是，大家反而不会在母亲面前说什么。家里到处摆放着相框，照片上的那些人只有澄生是不会随时间产生变化的。这种奇怪的景象，我们都是视若无睹，就那么过来的。要成功训练出这种成果可不容易，虽然称赞起来有点奇怪，不过实际上，大家都是拼尽全力了。

夏季真正开始的时候，澄川家也迎来了真正的考验。要如何才能不声不响地平安度过澄生的忌日，是摆在大家面前的艰巨任务。母亲对此心照不宣，故意口头上装得很轻松，说着什么“小澄，是今天走的呢”之类的话。这就是她以自己的方式向我们表达的诚意。

我们不得不一边感谢这样的母亲，一边在心中暗暗祈祷：拜托了，请千万不要在这天打雷。只在这个时候，临时抱佛脚的信仰似乎特别奏效，神灵仿佛听到了我们的请求。简而言之，直到夕阳西下，也没有任何打雷的迹象。

“小武，你最后埋到这里的动物是什么？”

“嗯……是上大学时回家发现已经死掉的蹦吉。”

“真是个简单易懂的名字呢，兔子是吧？”

“不是啦，是蝈蝈，将军蝈蝈，你见过吗？”

“见是没见过……可蝈蝈不是虫子吗？你们的习惯是连虫子都要埋在这里吗？”

“算是吧。当然，蚊子什么的肯定不行，怎么也得是够一定尺寸的家伙。”

多奇怪啊，我这么想着回头一看，武郎正在线香的缭绕烟气中，很是不可思议地合十了双手。

“我和家里的兄弟，还有这一片的孩子，从很小的时候开始，就特别期待有什么东西死了，然后要做个墓埋起来的工作，不知不觉就变成了一项活动。结果我们开始到处找一些死掉的尸体，就是如此喜欢这个埋葬仪式。小孩真是没办法啊。”

“总觉得，好像《禁忌的游戏》一样。”我想起了两个人不久前一起看过的老电影。

在武郎的房间中，我们抱在一起观看电影DVD的时间，被我称为至福时刻。大学时代曾经是电影研究会一员的他，为我选了各种各样的作品。我猜，人生经验并不丰富的他一定是打算搭着好电影的顺风车在千慧佛面前装一装前辈的样子。我想，能让人变聪明的，绝对不是人生经验的时间，真正起作用的，是能够将他人的处境置换到自己身上的能力。每次看到武郎，我都会忍不住这样想。当听到他说“看过多少部电影，就是活过多少段人生”时，我惊讶得眼睛都瞪大了。澄川家也不过只是百态人生中的一种嘛，一旦这样想，我就立刻觉得轻松很多。

“这么说来，那部电影演到最后的时候，千慧佛还哭了呢。”

“那是当然了，那种音乐，那种结局啊。”

为了不让埋葬的狗觉得寂寞而不断增加新坟的少年少女，这个禁忌的游戏逐渐升级，最终导致两人决裂，迎来了分别的时刻。

“最后在车站，那个女孩不是一边喊着‘米歇尔，米歇尔’，一边到处寻找男孩子吗？我最受不了那个了。如果我被你扔在这边，也一定会‘小武，小武’地喊着到处走的。”

“啊，千万不要。住在这附近的人相互都是认识的，你这样做，一定会被他们说津野医院那个傻儿子从东京带了个奇怪的女人回来啊。”

武郎家代代相传经营着村中的一家小医院。虽然只是内科和儿科的专科医院，但附近的人才不管那么多，有点什么大事小事都会跑到那里，比如今天没看到邻居家的老人出来散步之类的。

“现在还是父亲在里里外外打点，不过过段时间在大学医院工作的哥哥好像会回来接班。我弟弟也是医学部的，所以两个人商量着想把医院扩大一些。只有我一个人置身事外，不过倒也乐得清闲。”

武郎因为对电影的热情极高，所以想从事一些与电影相关的工作，然而不知为何最后却就职于一家食品公司。据他自己所说，最喜欢的东西还是不要当作工作比较好。不过，真的是这样吗？我可总是把自己最喜欢的东西放在第一位的呢。

我们聊着一些没谱的事，沿着河岸朝武郎家走。他家就只有哥哥、弟弟，每次有人带女朋友回来过夜都是大事一件，会让整个津野家欢腾起来。那种热闹的样子，与我家简直有天壤之别。虽然我好一阵才适应，却感觉非常温暖，喜欢得不行。

我在沿途的河中发现了一个不可思议的东西。靠近岸边的地方有几根粗大的圆木被绑在一起，逆向水流，横在那里。

“那个叫作‘鱼梁’。”向武郎询问后他告诉我，这种装置一般用圆柱形的杉木或者竹子做成，以此来拦住水流，捕捉顺流而下产卵的鲶鱼。

“这条那珂河以放养的鲶鱼出名，有的地方还是旅游景点呢。这一块儿的鱼不算大，不过你看，那边还有专门做这个的店。”

顺着他所指的方向，我看到一间小餐馆似的店铺，已经过了营业时间，所以关着门，但尚有桌椅摆在外面。在这样的空气中用炭火烤鱼吃，想必十分美味。

“明天我们早点儿过来一趟吧。千慧佛也到可以饮酒的年纪了，我再带点儿好喝的酒来。”

受到武郎这个提议的鼓动，我不顾他的阻止，跑下了河岸边的堤坝，一路来到鱼梁跟前，最后走上了那座用圆木绑成的小桥。我就是想在最近的地方看看鱼是怎么被捞上来的。

果然，虽不是鲶鱼，但也有几条相当大的鱼被困在那里，不断跳跃着。我立刻高兴得大叫起来，沿着倾斜的鱼梁小跑着继续前行。结果下一个瞬间我便脚下一滑，屁股着地，直接摔进了水中。

失败了，我突然为自己这种孩子气的行为感到害羞。不过放松下来的身体浸在河水中却感觉非常舒服。清澈的水流中注入了散碎的阳光，清洗着我的皮肤，于是我就那样呆呆地坐着，欣赏着映入眼中的一切。

这样待了一阵子后，武郎的叫声让我回过神来。他看上去已经像有些失常了，不停喊着我的名字，朝这边跑来。可能因为我坐在水中，他看不清这边的状况才如此慌张。四周回荡着真情实感的“千慧佛”“千慧佛”，实在太尴尬了，我努力挣扎着，却怎么都站不起来。我说要像电影里喊米歇尔那样喊他时，他明明是非常抵触的。

拼命冲过来的武郎看清了状况，知道我没事以后，明显松了一口气，随即换上一副心疼的表情低头望着我。他是第一个觉得我可怜的人。

“没伤着吧……别吓我啊……要是千慧佛出了事，我可怎么办……”

他问我要不要紧，因为还没从惊慌中缓过来，竟然带了点方言的口音。武郎伸过手帮我站起来，望着他的眼睛，不知为何我突然想起了真澄的脸，并且在同一时刻想起了她曾说过的话：“每当跟一个人变成恋人后，我就会忍不住想，如果这个人死了，我该怎么办？”

但是，我不一样。

我想做那个让别人去考虑失去了我该怎么办的人。

“啊，真是的。”武郎的语气似乎有点生气，他拉起我湿乎乎的右手，迎着夕阳看了看。

“难得真澄送你，它的维修零件都已经停产了吧？”

我点点头，看着已经坏掉的钟表戒指。然后像小时候那样，在心中叫了一声“真澄姐姐”。就算没有了维修零件，这块表也会细致地记录下时间的。

到家以后，大家看着变成落汤鸡的我都笑了起来，并且因为武郎把当时的情景描述得太过滑稽，他们笑得满地打滚。最后连我自己也笑了起来，这是自打我出生以来，第一次如此幸福地笑。

CHAPTER 4 大家

1

罗伯特的妻子去世时，面对父亲“你有什么打算”的问题，真澄慌了。她完全没想过父亲会知道他们的关系。真澄最直接的想法就是创太或者千绘某一个人说漏嘴了，但事实并非如此。她怎么也想不到，父亲说这是罗伯特本人亲口告诉他的。

“咱们不是新开了一家咖啡厅嘛，我是偶然在那里遇到鲍比的，他说自己去那边吃午餐，好像他夫人所在的医院就在旁边。”

那倒是没错，真澄说着歪着头想了想。罗伯特之前确实见过父亲，但这怎么也不像是吃午饭时偶遇熟人会聊起来的话题啊。她这么一说，父亲耸了耸肩。

“深刻的问题一直藏在自己心里，慢慢就会向外膨胀，最后总会在某个不合时宜的瞬间喷发出来，这种事常有。在我见到他，跟他打招呼的时候，一定就是这样吧。”

“鲍比他……看起来怎么样？”

“谈话时挺平静的，他说第一次来我家做客时就跟真澄相爱了，是真的吗？”

真澄已经厌倦绞尽脑汁寻找适当的说法来描述他们的关系

了。罗伯特说得就像两个人从见第一面开始便双双陷入热恋似的，但她觉得并非如此。

那个男人满怀乡愁地环顾居住过的老宅时，她只是偶然出现在了对方的视野中。就是从那时开始的吧，真澄想着。罗伯特也说过："真奇怪啊，每当我重温幼年在日本的回忆，总会在其中看到你的身影。"听了这话，她笑起来，并且暗中打定主意，这次要更加积极地住进他心里。为了替代他童年时期失去的某些东西，同时也为了找回自己年少时丢失的某些东西。

两个人之间的亲密关系实际上进展得非常缓慢。罗伯特每次都特意选在真澄回家的日子登门拜访，可是碍于他妻子的病情，并不能久留。他们约好了在市中心见面，也仅限于白天一起吃个午饭，两个人持续着没有任何进展的约会。

他们就像两个合作伙伴，为了找回过去在那个家中感受过的温暖而共同努力着，互相讲述着关于那所房子的回忆，心中的火种也随之复燃。等到回过神来，两人已经守在同一簇火焰旁了。他们便是如此成了相互取暖的关系，也就是恋人关系。

在此之前，妻子的病痛还只是罗伯特自己的问题，但是现在这个问题属于他们两个人了。真澄也为他分担着那份痛苦。对方又没有拜托过自己，为恋人妻子的身体状况担忧这种事，真澄也觉得十分滑稽。如果不是对方有病在身，自己说不定还要盼着对方先消失呢，她自嘲似的笑笑。现在既然已经知道了病情，就只好转而祈祷对方平安无事了。这当然不是为病人考虑，而是因为她看着深爱着那个病人的男人为此憔悴，就会不忍心再让他悲伤难过。

罗伯特是绝对不会谈及未来的，从第一次相遇时，便是如此。他与真澄之间的约定，最多也就是三天之内的事情，而且还都是在哪里吃饭，之后去什么地方小酌一杯这样具体的内容。如果是去她的房间，就直接说几点到，并且必定会附加一句："有可能会迟到。"但他不知道，这句话并不能让她宽慰分毫。

提出分手的，总是真澄这边；而说出想再见面的，也还是她。罗伯特既不主动，也不拒绝，总是待在自己该待的地方，做着自己该做的事。而在此过程中，他的妻子去世了，他也只是跟真澄说了一句"她死了"。关于此后的种种，他依然没有只言片语。

真澄也什么都没有问过，不仅如此，在得知他妻子去世的消息后，甚至主动切断了两人之间的联系。虽然也想安慰下悲伤的罗伯特，但真澄还是觉得自己出现在那里是一件非常失礼的事情。

"为什么不到他身边陪着他一起哭呢？现在这样简直太傻了！"千绘激动地斥责她。妹妹是对的，真澄紧咬着嘴唇，"我的确是很傻"。然而，这也是经过漫长的时间逐渐形成的我，正是因为我尊重了自己的意志，所以才不会扑进他怀中，只是待在原地。他心中那个因失去妻子而留下的空洞，并不是我的尺寸，如果不小心滑进去，恐怕自己永远都无法脱身了。她就是这样害怕着。

随后创太也站到了千绘这边：“他夫人跟真澄是两个不同的人。鲍比为你们两个人保留了完全不同的空间。虽然我不知道这个男人具体是怎么操作的，但我可以肯定，你必须去见他。真澄，去吧，跟鲍比好好谈谈。人与人之间不当面把话说清楚，一定会产生很大的误会。或者你们之间的问题并不是你们所想的那样，并且这个问题正等着你们一起把它找出来。人与人之间有着各种各样的组合，我觉得你们这样或许也是其中的一种方式，不能拿自己的想法去配合别人定下的规矩，那是一种懒惰。”

一口气把这些全部讲完，创太叹了口气，千绘则在旁边目瞪口呆地看着他。

“我还是第一次听到创哥哥这样高谈阔论啊，好厉害……”

“多嘴，我也是会思考很多问题的。”

“我才不信！”

两个人又开始了与小时候一模一样的无聊拌嘴，看着简直分辨不出究竟有没有长大的弟弟妹妹，真澄在感叹的同时也觉得安心了些。

三兄妹偶尔会像现在这样整晚聚在一起。平时大家都不会特意提起自己的恋爱对象，只不过被问到时还是会说上两句。然而也并没有谁特别关心某个人的私生活，所以大家几乎从没深入聊过关于恋爱的话题。不过，一旦聊到死亡这个话题，每个人就都有话要说了。在澄川家，关于那个从以前开始就一直存在，并且会永远在未来等待大家的、不能让母亲去想的问题，总会在母亲不在的时候，大家认真地讨论一番。

“这已经快成咱们家的 family tradition（家庭传统）了吧？”

“或许吧，不过，也只有在聊起这个话题的时候，才会觉得澄生哥哥明确无误地就在这里。”

“那真算是好事吗？澄生自己会怎么想呢……”

“谁知道啊，再说，澄生哥哥不是已经死了吗？”

听着创太和千绘你来我往，真澄点点头想到，确实如此。家庭传统，这是重生后的澄川家，经由一名成员的死亡而创立、守护并且即将被后代继承下去的传统——畅谈已经不在了的故人。由于当事人无法参加，就只能由剩下的人为其发言。通过这种形式，死亡获得了新生。至于是好是坏，就全看用什么样的语言来描述了。

真澄想到，罗伯特应该会在自此以后的很长一段时间内都想着死去的妻子吧。而她的死亡所具有的强大力量，也会变得越来越具体。如果自己与他见面，那就等于自己也要再次开始关于死亡的研修。我真的需要这么勤奋吗？真澄扪心自问。

“问题难道不只是真澄姐姐你到底爱不爱鲍比吗？”

千绘故作成熟的口吻让创太一下笑出了声。

“这有什么奇怪的吗？”

“你对津野也经常说什么爱不爱的吗？”

“不行吗？”

创太口头上说着“不不，没什么”，却还是忍不住笑，大概是在脑海中想象了一下自己的朋友和妹妹进行那种对话的场面。

千绘瞥了他一眼继续说：“真澄姐，你跟鲍比分分合合这么多次了，这期间你也试着跟其他一些‘清淡的’人交往过了吧？那些‘清淡的’人中，有能够代替鲍比的吗？”

“什么意思啊，你那个‘清淡的’人？”

“就是指……无聊的人。”

“像千绘这样的小孩子又懂什么呢……”

“虽然我是小孩，可有些事是连小孩都懂的。那些承受着世间的凄风冷雨，变得皱皱巴巴、破破烂烂、自暴自弃又软弱无能的大人忘记的东西，小孩可还清楚地记着呢。”

创太再次发出“噗噗”的笑声。真澄面对这样连珠炮似的发言，愣了好一会儿，等到终于回过神来，她吃惊地看着千绘：“你说的那个还保持着的东西，是什么啊？”

“就是……就是……”千绘结结巴巴地重复着，“就是越是舍不得他死的人，越要在一起的觉悟啊。还有……”

真澄扬扬下巴，示意她接着说。

“还有想到这个人的时候，就觉得我一定不能死的决心。真澄姐，你对鲍比一点儿献身精神也没有。就是因为你做不到这一点，才会觉得跟那些‘清淡的’人过无牵无挂、不用提心吊胆的日子是好事。可是如果你想要认真交往的话，就应该立刻去找他。你要证明比起死去的夫人，活着的你更有实力。”

“千绘啊，”真澄盯着千绘的脸问道，“你真的很喜欢那个叫津野的男孩子吗？”

千绘的脸一下就红了。非常肯定这一点的创太还在旁边揶揄她：“不是喜欢，是爱啊！”

千绘哼了一声，鼓着腮帮子从座位上站起来，回自己房间去了。创太看着她离开的背影，呵呵地笑了好久。

“创太真是的，为什么总是捉弄千绘呢？”

“因为她那个意料之中的反应实在太有趣了嘛，再说了，那么个小家伙，还说什么爱不爱的。”

“那有什么不对的？你也会对自己喜欢的女孩子这么说吧？”

创太没有回答真澄的问题，反而用交叉在一起的双手挡住嘴，好一阵子都一言不发。两人之间突然陷入沉默也是常有的事，所以真澄很自然地站起身，说了声“放点儿音乐听吧”。

这时，创太总算开了口：“爱什么的，世界上的所有人都可以说啊。”

不太明白他的意思，真澄向他投去询问的目光。

“我觉得爱就像万能药一样。这种东西不适合我，不是我用词的风格。”

“那你的用词是什么风格呢？”正当真澄想这样问的时候，母亲从二楼走了下来，于是话题立刻被切换到了一些无聊的家长里短上。看着和和睦睦聊着天的孩子，母亲露出了安详的笑容，有点不可思议似的歪着头问：“怎么大半夜的你们倒聊起寿司来了？”

“是……是因为，创太搞错了吃小油鱼的季节……”

“小油鱼啊……母亲最喜欢缘侧[1]那部分了，说起来好久都没有去泽之鮨那家店了呢。”

母亲一边说话，一边用手中的水壶接着水。在她身后，真澄和创太交换了一下眼色，轻轻地点了点头。他们彼此间有着多到惊人的共犯经历。

结果，不管什么事都要对着干的创太和千绘，在这件事上却口径一致，总之就是说真澄应该去见罗伯特。回想起两个人当时的表情，真澄总觉得他们对她的事比对自己的事还要认真。那样滔滔不绝地讲着，似乎是打算把自己精心培育出来的果实

1 缘侧：鱼背鳍附近的肉。

“和盘托出”，全部使用在真澄的事件上。毫不吝啬地拿出自己与死亡对峙时的处方单，这的确很有一家人的样子。

澄生的死似乎给家族积攒下了很多东西。有的死亡在时光中被慢慢掩埋，像土撒在棺椁上，一点点掩去了踪影。而时间又会像药剂般慢慢起效，周围人纠缠在一起的痛苦与悲伤最终会被它溶解，令死亡只剩下不再显眼的遗骸。有着种种不同作用的时间，会将死亡逐渐缩小。

然而，澄生的死亡却有着完全不同的变化过程。他的死，不是逐渐削弱的死，而是慢慢增长的死。这个家断然拒绝让他的死成为一件平淡无奇的事，反而思考着，讨论着，实践着，一点点让其越来越大，就像为家庭的共有财产增值一般。可是，那真的算是正确对待一个人的死亡吗？真澄一直在心中这样问着自己，然而一直没有答案，唯一能够确定的是，澄川家的人除此之外，再无其他接受澄生之死的办法了。

也许有人会感到惊讶而笑话他们，“这要持续多少年啊？”实际上，确实有人直言不讳，说看到那个样子的澄川家就忍不住想笑，说世上因为更悲惨的事而丧命的人多的是，说也有不少人经历过死亡之后还是坚强地挣扎着站起来了。

每当听到这样的言论，真澄总要在心中默默地反驳——可是，可是那些人的死亡，并不是我们珍视的死亡。不管在电视中目击怎样的惨死，都不会像对与自己身心相连的至亲那样哀叹，毕竟，是不认识的人啊。那些卑微的家伙想笑就尽情笑吧，就像博爱是纯粹的谎言一样，为别人的死而忧伤，也不过是伪善而已。唯一真实的，只有对自己所爱之人的感情，以及在自己所爱之人死后的感受。正是那个人造就了一部分现在的自己。

而现在，罗伯特正处于失去了所爱之人的世界中。

其他人可以代替他吗？千绘如此质问过。虽然真澄当时选择了避而不答，但若让她坦白的话，那是绝对不可以的。只不过，令自己踌躇着没有当场作答的原因，其实千绘已经猜到了，就是罗伯特的妻子。她的死造就了一个失去妻子的男人的孤独，讽刺的是，同时也因此加深了他的魅力。真澄无法否认，自己正是被这一点吸引的。

我需要他，并且从此以后也会一直需要他。

事实露出了逐渐清晰的轮廓，真澄再次害怕起来。她想到，逼自己整日祈祷无论如何也不要让他死的人，又多了一个。真澄一旦承认了这一点，对有可能消失的罗伯特过多的怜爱之情，便会化为眼泪满溢出来。她感受着这样的自己与平日人前那个强硬的自己之间的落差，禁不住想要叹气。她能感觉到自己的惊慌失措，一再对自己说不要靠近、不要靠近，然而现在却走到了离这片领域最近的地方。

“这个嘛，创太和千绘说得没有错。只有跟鲍比见一面，才能打开局面，对吧？还是说你打算就这样还没开始就结束？”

被千绘说得自己像傻子一样，于是真澄转而向父亲倾诉，结果父亲这样回答她。真澄努力寻找语言解释着自己的心情，希望他能够理解，然而却总是不尽如人意。她为这种令人焦急的感觉烦躁不已，而父亲只是静静地看着她。

“我连跟诚父亲说清楚都做不到，又怎么会有自信去找鲍比跟他说清我的心情呢？”

见真澄边说边啃起了指甲，父亲轻轻地笑了。真澄马上投来一个“有什么好笑吗”的眼神。

“真澄啊，又变回小宝宝了吗？小时候，每次你思考如何能让自己的任性得逞时，都会像这样咬指甲，好笑的是每次我看到你这样，就会想：啊，又在策划什么阴谋了。”

真澄连忙将手放回膝盖上。确实，为了抢过澄生或创太的风头，得到更多优待，她每每都会当着父母的面这样。在重新组建的家庭中为坚持自我而拼尽全力的，并不只有创太一人。

“对吧？”父亲说着，瞧了瞧真澄的脸。

为了相互慰劳一下，两个人在结束工作的办公室里开了一瓶香槟。以前澄生抱怨这种液体的味道像呕吐物，她还赞同来着，如今却已将它视为对自己的最高褒奖，用以洗涤身心。

“干杯！”

真澄惊讶地看着举起了高脚杯的父亲，“为什么？”

“为小真澄崭新的人生干杯！你过不了多久就会去找鲍比

的。”

还是老样子，又说这种戏剧台词一般的话。真澄有点扫兴地想，而且，以鲍比夫人的去世为契机开始崭新的人生，是何等轻率啊。

“哎？可是，你跟他夫人并没有见过面吧？”

“那倒是没错。”

“那样的话，你也就不会真心感到难过吧？并不该为了那个妻子，而应该为失去了妻子的恋人感到难过才对吧？”

真澄一时语塞。确实如此，不过就这么随口说出来还是觉得太不像话了。

“每当有人死去，必定会有一段新的人生就此展开。的确，这种新生的开端异常痛苦，但随着时间的推移，隐藏在其中的希望必定会现身。”

“诚父亲的本性是个乐天派呢。”

“那么我问你，”父亲放下酒杯，直直地盯着真澄的眼睛，“到底为什么你对死会如此在意呢？”

真澄被这个意想不到的问题打了个措手不及：“可是，那是为了对死者表达敬意……”

“这都是假的了。”父亲斩钉截铁地把真澄随口找出的说辞击破了，“真澄啊，人总是要死的，什么时候死，以什么方式死，以及死后剩下的人该怎么办，这些都是因人而异的，但死亡这个事实本身是不会变的。面对所有人都必将迎来的那个瞬间，还有必要进行什么说明吗？只要接受就好了，不是吗？”

“诚父亲是不会懂的！”

“可我偏偏就是懂啊。虽然大家都忘了我原本的经历，而我自己也觉得那样比较轻松，但我的确也是个妻子先一步而去的悲剧主人公啊。”

真澄猛然惊醒，到底为什么呢，这件事难道不应该一直储存在大脑中吗？为什么会忘得一干二净呢？大概家里所有人都跟自己一样吧。

“哎呀，‘悲剧的主人公’？此处不应该有笑声吗？”

看到真澄陷入沉默，父亲耸耸肩，做了个鬼脸。这个人真是太没正形了，真澄愕然了。

“那……这位悲剧的主人公，您是如何从悲剧中脱身的呢？”

“因为我遇到了你的母亲，所以才能做到。”

真澄望向轻声说出这句话的父亲，他的眼中再没有半点儿开玩笑的神色。

“真澄，这是仅适用于男女之间的真理，因为失去了不可或缺的人而造成的空洞，只能由另一个不可或缺的人填上。”

最令她吃惊的，是父亲那副仿佛拼命压抑着涌上来的笑中带泪的表情。

“我老啦，最近总觉得泪腺越来越脆弱了。不过，我已经想好，如果失去了美加，这次不会再去另寻一个不可或缺的人了，要抱着这种空虚感走到最后。如此一想，我实在觉得郁闷，这不就和失去了澄生的她一样了吗？可成为家人就是这么一回事。鲍比还很年轻，不能如此对待他夫人的死。真澄，你能为他做的事只有一件。”

真澄的心中一阵悸动。她感觉自己的心情就仿佛站在起跑线上的田径队员一般，“各就位，预备……”像是有人在旁边喊起这样的口令，这让她不由得躬起腰。

“真澄，就是现在！快去！”

她一口喝掉了杯中剩下的香槟，站起身来，向父亲点了点头，然后转身跑出办公室，拦下街上的一辆出租车。

“只要扑到他怀里就好！不用多说什么了！”

身后传来父亲的喊声。真澄听到了，并且在心中想着：这件事，我好像很久以前就已经知道了。

2

母亲不断重复着住院、出院。

有时是她再次开始饮酒之后，实在承受不住身体的不适，自己提出要去医院；有时是周围的人已经明显看出她的精神崩溃，硬拉着她去了医院；还有几次，是她突然倒在家中某处，然后家人慌慌张张地叫来了救护车。

在这种状况的不断重复之中，母亲似乎总结出了各种各样的理由，比如即使努力自律，也不可能轻松地回归正常生活之类。不再饮酒，接受治疗和心理咨询，参加精神病院主持的为期三个月的戒酒会……这些她是绝对受不了的。

最后想出的好点子是，托熟人关系住进了综合医院的特需病房。只要母亲在那间酒店般的房间里打两个星期的点滴，就可以平安回到澄川家了。

“你看，像什么心理咨询啊，跟有同样症状的患者们聚会呀，我都已经去过太多次了，早就习惯了，不会起作用的。母亲需要的，只是把酒精从身体中去除而已。”

面对母亲这样的发言，澄川家所有人都是一脸呆滞。第一次听到这话，是在她真的去特需病房住了两星期后回家的当天。

当时她的气色之好，完全不像是一个外行实践了以自己浅薄的知识想出的办法，反倒像去了什么疗养地，刚刚享受过假期回来的样子。

“母亲，这是第一次，也是最后一次去住这个医院了，好吗？”真澄打开医院送来的信封，一边看着收款单上所写的内容，一边说道。看着看着，她的脸便因为愤怒而变得通红。

母亲却丝毫不被她的样子所动，口气轻松地说：“那是当然，毕竟是那么奢侈的医院。不过呢，下次再有什么情况，只要想到还有那里可去，就会觉得有底气了。”

下次吗？创太叹着气，先后看了看姐姐和妹妹的脸。无论谁，都是一副并不为母亲精神饱满地回来而开心的样子。担忧经济状况的同时，大家对于这种病状也感到十分不安。

托母亲的福，澄川家的每一个人都对这种病症了如指掌。比如说，酒精依赖症患者在大量饮酒的同时，也会伴随性格突变的问题，而能治疗这种病症的，只能是专科医生。像母亲这种优柔寡断的患者，是无法自己判断什么是好什么是坏的。

只有父亲满脸笑容，说着“不管怎样，回来就好，不是吗”寻求大家的赞同。察觉到那副笑容下隐藏的挣扎，创太跟着点了点头，接着又画蛇添足地喊着“太好了，太好了”。真的就和他小时候喊“万岁，万岁”的节奏一模一样。

但是，他也不是发自内心的，与父亲一起兴高采烈的同时，心里全是压抑不住的忐忑。每当母亲的状态重回健康开朗时，他就会有这样的感觉。下一次又会是什么时候？这样的不安在心中激荡。那个“下一次”已经来得越来越快了，不是吗？

面对创太的疑问，父亲只是故作平静地回答“没那回事啦”，其实他也在暗自忧心吧。所以，父亲一旦有工作要晚回家时，都会拜托创太在睡前查看一下母亲的情况。

所有人心中那个共同的不祥预感，最终还是应验了。母亲反复光顾着那家综合医院的特需病房，坚信只要打两星期点滴一切就能恢复正常的她，不知何时已经彻底放弃了要不停压抑自己的戒酒行为。然后就像创太担忧的那样，母亲从出院到下一次住院的间隔，确实越来越短了。

在母亲住院的两星期内，创太总是尽可能地挤出时间去医院看她，并且带去她想要的东西——非常多的点心。母亲说酒精排出体外后会格外想吃甜食。

“是为了恢复体内糖分的平衡，所以一边饮酒一边吃甜的东西，就会打破这个平衡，造成糖分过剩。我觉得人就是这样得糖尿病的。创太，你也要小心哦。你啊，特别喜欢吃巧克力零食，对吧？就是那种带腌渍橘皮粒的。”

母亲嘴里含着冰激凌勺，说着不着边际的话。创太在她的床边坐下来，听她说话。

他从小时候起就是这样了。那时候母亲的身心都开始不受自己控制，她能做的就只有陷入混乱。创太时常会觉得那样言行异常的她非常恐怖，但也绝对不会离开她。因为他不想舍弃眼下的这份真实感——唯有此时，自己能待在离这个人最近的地方。那是绕了这么远的弯路后，他终于得到的东西啊。

与待在家里每天倒在床上不停喝酒的她相比，母亲现在看上去已经找回了大部分自我。只是不知为何，母亲的身边却围绕着一种更加脆弱的感觉。在创太眼中，那仿佛就是一个人在慢慢地逐一接受着各种各样的妥协。久经苦痛的折磨之后，这个人正活在终于得到的一点平静之中，而她当然也知道这种平静很快就会被夺走。对此，她已经妥协了。

创太想到，可能这就是住进特需病房的原因吧。母亲那个时候，已经放弃去精神病院为永远也治不好的病坚持了。她之所以会在这个地方出出进进，并不是任性，也许她会在心里对自己说："这就当是最后的奢侈吧。"

"母亲，你还记得我以前是'万岁万岁族'吗？"

母亲舔掉嘴边粘着的冰激凌，带着恶作剧般的目光看向他："哎呀，现在不是了吗？"

"因为我已经是大人了嘛。"

"哎？那多无聊啊。再来一次吧，创太，预备，开始！"

"饶了我吧！"创太说着，边笑边抱住了脑袋。母亲看到他这个样子，也笑得停不下来。香草的气息从她的嘴角一直飘到创太这边，让他突然有种落泪的冲动。说不定，现在就是母亲最幸福的时刻了吧？感觉就像是母亲终于抓住了那颗幸福的黄绿色网球。

我已经不再是沙袋了。创太从医院回家的路上去了真知子家，想把这件事告诉她。今天她应该不用上班，肯定是一个人优哉游哉地赖在家里。

然而，当真知子打开门看到创太时，却露出了不知如何是好的表情，沉默地用手指了指放在玄关的草履。创太并不明白这件颜色老旧的女性物品代表了什么，满脸困惑。

这样僵持了一会儿，一个穿着和服的老太太走到真知子旁边，问她："来客人了吗？"

"是我朋友的儿子，今天约好了来帮我修电脑的，我忘了。"

虽然听了真知子的话有那么一瞬间不开心，但创太还是露出毫无破绽的笑容打了声招呼。

"这位是我亡夫的母亲。"

原来如此。"吉武太太经常关照我的母亲。那我……要不还是改天再来吧？"

可能是创太配合得太好了，见他这样有礼貌，真知子的婆婆慌忙说道："那怎么行！真知子你也是，还那么健忘。我今天要来的事你也忘记了吧，实在太对不起了。"

如此客气，又轮到创太诚惶诚恐了，他连忙摆着手说"哪里哪里”。

“我的事已经办完了，请进来吧。她一个女人肯定有各种不方便的地方，到时请务必多多帮助她。真知子，那我就告辞了，你要好好招待人家啊。”

说完这些，又反复客套了几句，真知子的婆婆总算走了。剩下两个人不由得同时长出一口气，看着对方。

“朋友的儿子啊。”

“我不知道该怎么说好……”

“感觉真是毫无破绽呢，还说让我多多帮助你。那……把坏了的电脑拿出来给我看看吧。”

“说什么呢，别闹了。”

一进客厅，创太就看到榻榻米上放着一张男人的照片，外缘包着相当华丽的卡纸。尽管是第一次见，他还是立刻意识到这是相亲用的。他拿在手上仔细端详了一阵，是个看起来比真知子还要大几岁的土气男人。

“这什么啊？你要跟这人结婚了？”

真知子在创太面前放下罐装啤酒和玻璃杯，然后耸了耸肩，“没影的事，只是我婆婆拿过来的而已，据说这人也是二婚。婆婆还跟我说：‘你啊，也到了该为自己打算一下的年纪了。’”

“你这是什么意思啊……”

或许是被创太掺杂着愤怒的声音吓到了，真知子全身一震，抬起头来。

“你现在不就挺会为自己打算的吗？觉得寂寞了，就带个年轻男人回家。”

“别说得那么难听……”

创太瞥了一眼重新陷入沉默的真知子，又转头去看照片上的男人。

开什么玩笑，他心想。“你想要的就是跟这种乏味的老头子过以后的生活吗？还是说为了换取安定的未来，打算就这么把自己交出去了吗？”

“可是，小创，我也是乏味的老女人啊。”

“你就这样评价自己吗？一点儿也不像小真知会说的话呢。”

“这是事实嘛。我绝对没有贬低自己的意思，但我也不会因为跟小创这样的年轻男人交往就产生错觉，而自我感觉良好。我只是觉得终于到了要跟小创分手的时候。”

创太只是一言不发地喝着啤酒，似乎是注意到了他的沉默，真知子温柔地说：“不去相亲也没关系，小创讨厌的事我是不会做的。”

真知子倚向创太，并且从侧面抱住了他。紧接着在下一个瞬间，创太的身体就像泄掉力气般放松下来，忍不住投入包裹自己的柔软身体中去。

"现在，还是不能没有你。"创太说道。真知子则用相邀野餐似的语气在他耳边说："那就走到哪里算哪里吧。"

这样的话，之后要怎么办呢？创太不由得思考起来。所谓不能再走下去了，又意味着什么呢？

"我只是……暂时……还想跟小真知继续这样。"

"我知道。"真知子说着，像往常一样用手抚摸着创太的头发。舒服的感觉让他眯起了眼，同时又带着一半自暴自弃的情绪，自言自语地说出了真心话，"如果这个'暂时'能持续一辈子就更好了。"

"刚才你婆婆称呼你的时候，语气还相当亲昵，能感觉出她一直都很疼你的。"

"嗯，我的双亲早就过世了，她对我来说就像亲生母亲一样。前夫去世后都多亏她帮助我，实在是感激不尽。"

"还一直给你送那么好吃的鸡蛋过来呢。"说着，创太的舌尖上又回味起了总能在这里吃到的那种美味，咀嚼那浓稠的蛋黄简直是一种享受。

话说回来，到底从真知子嘴里听过多少句"感激不尽"了，这个词已经和"这不算什么"一样，快变成她的口头禅了。与前一句所代表的积极向上的了无牵挂不同，这一句则散发着一种难以割舍的感情。正是这些不算什么的事，与迄今为止产生的感激之情相互纠缠，才组成了她的过去。

“假如你真的跟我分手了，那也不算什么吗？”

创太唐突地问道。真知子满目怜悯地望着他，不住地说着“你可真傻，你可真傻”，同时用手轻轻地拍着他的背。

“说起来，那个，迄今为止咱们之间的事，你可绝对不能用‘感激不尽’来形容，说好了啊！”

语气像个不讲理的孩子一般，连创太自己都愣住了。

“这两句话都不会用在我们的未来。所以，小创啊，现在就打住这个话题吧。”

于是，就如她所说打住了。“竟然为了真知子相亲的事六神无主，太不像自己了。”创太在心中对自己说道。“本来也不是抱着长久的打算开始交往的嘛。”但是，他忍不住在心里自言自语道，正因为自己跟小真知有这样的开端，才更应该心怀感激。

那之后很长一段时间，两个人都没有联系对方。只要自己这边断了联系，真知子那边就再没消息了，重新意识到这一点的创太错愕不已。仔细想想，每次创造见面机会的主导权，都掌握在创太这边，主动打电话的总是自己，主动发短信的也总是自己。无论何时，她都只是配合自己而已。除了要帮人代班的情况，她从来没有因任何理由拒绝过创太。这简直就像是自己把她当成个方便的女人来利用一样，尽管这种想法其实有些胡搅蛮缠了，但创太还是忍不住为此感到气愤。而且，她是算准了自己一定会去联系她吗？这么一想，创太又犯起了犟脾气。

母亲的状况似乎越来越差了，就算从那个特需病房回来，她也不再像以前那样神清气爽，待在家里就时常一副忧郁的神情，窝在卧室中不出来。创太每次去偷偷查看时，她不是抱着头缩在床上，就是又在喝酒，而且母亲连酒都喝不下多少了，这一点从酒瓶的数量上就能看出来。瓶子里的伏特加其实并没减少。

因为她在突然排光酒精后，没过多长时间又开始饮酒，身体承受不了这种巨大的落差。

“反正就是说，让她继续喝下去可能对她的身体更好些对吧？”

真澄用一种令人难以置信的口气说道。她已经彻底想通，现在也只能顺其自然了。在母亲的事情上，她早已习得了一种冰冷的豁达。这大概也与她平时不住在家中，所以不想看的东西就可以不看有关。

除此之外，还有一点。用千绘的话说，就是因为她跟男人“又”和好了有关系吧。或许是以此产生的安心感令真澄能够冷静下来。

“鲍比的老婆死了，听说还是白血病！”

“你那个‘还是’是什么意思啊？”

“怎么啦，你不觉得像电视剧里的情节吗？”

千绘如此无知的言论让创太勃然大怒，“什么电视剧情节呀，你也太不懂事了！”

“你生什么气啊！创哥哥最近好奇怪，不是有很多描写白血病情节的电影和小说吗？这又不是我的错！”

确实如此，创太一时语塞。第三者严重的死亡，说到底都是架空式的死亡，其中也确实包含着戏剧性要素。甚至，澄生的死也是如此。然而对当事者来说，却无法像观赏电视剧那样兴奋，他们面对的只有现实。真澄的恋人必定也在直面这种痛苦。然而，毕竟姐姐就是那么一个人，一心只想着如何回避“对方死了，可怎么办”这种问题，或者如何不让自己想起这种问题，并且自此以后，她也只会一直为此而心力交瘁。

他们姐弟几人在面对死亡方面，应该是比一般人更得心应手的，创太时常会有这样自命不凡的感觉，然而转瞬又会为此陷入一阵消沉之中。说什么哥哥死后整个家庭都发生了巨变，大家因此获得了锻炼，事实却并非如此。死亡，无论何时都在威胁着每一个人，是绝不可能习惯的。死亡实在太过模糊而庞大，想要驯服它是不可能的。生物的心跳和呼吸，也不过就是个事实罢了。

那天，创太回到家时，就看见母亲正将浴袍的腰带拴在楼梯扶手上，准备上吊自杀。

他吓得赶紧冲上前去，就在那个瞬间，他看到了母亲的眼睛。

随即，她为了不被阻止，立刻将双脚移除地面，身体当即被挂了起来，她的喉咙里发出了“咕”的一声。

在惊慌失措的创太伸手够到母亲的身体之前，绳结就因为承受不住她的重量而松开了，她一屁股摔在地上，并且就那样扑倒下去。

“母亲！”创太大喊一声将母亲抱起来，解下了她脖子上的腰带。不知她是醉了还是晕过去了，总之紧闭着双目。

是不是需要做人工呼吸？还是要进行心脏按压呢？那一瞬间应该飞快地思考这些问题才对，然而不知为什么，创太低头看着母亲泛青的脸，不知不觉中，将两手放到了她的脖子上。

他并没有疯，反而心情平静地感受着能够帮到母亲的安心，只不过他的双手此时此刻像是用尽全力般颤抖着。

“母亲……”创太平静地呼唤着她，随即一种对母亲无法抑制的喜爱之情涌上来，他流下眼泪。“母亲……”创太又叫了一声，“对我来说，你非常非常重要。”

不知为什么事而回到家中的真澄大叫起来，同时母亲也缓缓睁开了眼睛。创太将手从她的身上拿开，用手背抹了抹眼泪。

“不可以做这种事哦，小创，不可以杀人哦。不然母亲该多伤心啊？”

压抑在体内的声音一下被释放出来，哭声仿佛野兽嘶吼一般，创太看起来简直像变了个人。事实上，现在的他的确变成了另外一个人，那是在遥远的过去，曾经追在母亲身后缠着她不放的年幼的孩子。

创太把头埋在母亲身边，不停地大声哭喊："母亲，至少试着想想明天再死吧，然后保持每天都这样想。就算是为了我，就算是为了我，求你了！"

真澄站在背后看着声嘶力竭地哀求母亲的创太，声音里带着愤怒说道："快起来吧，怎么还下跪磕头了！"

创太很想反驳她，说自己并没有下跪磕头，只是跪着而已，而且是自打出生以来第一次向人乞求饶命，还不是自己的命。

"母亲，求你了，不然的话，我……"

母亲像被这个声音控制了一般，慢慢直起身，两手捧起创太一直扎在地板上的头，抱进了怀里，然后像什么事都没发生过似的，语气平淡地低声说道："好啊。"

真澄深深地叹了口气。

"总之，不要让诚父亲成为死了两次老婆的不幸男人就好。"

听着姐姐放下心来的声音，创太不知怎么突然冒出一个毫不相关的念头——想让她看看，他想到。把脸埋在母亲胸口上，哭得不像样的自己，迫切地想让真知子看看，而且只想让她一个人看。

3

“澄生哥哥忌日那天大家要不要干点什么？”千绘提议道，结果遭到了所有人的强烈反对。当然，她并没对母亲提起，但真澄依然特别叮嘱她：“千万不要跟母亲说这个。”

“母亲这个病情，好不容易才跟澄生摆脱了关系，在他的忌日瞎折腾，万一出点什么事，又变成他的错了。已经这样十五年了，也未免太可怜，不能再让澄生成为母亲发病的借口了。”

“说不定能起到休克疗法的作用呢？”

“怎么可能啊！”

真澄如此激动地否决，千绘也只能耸耸肩。

母亲这个时候通常会直起上半身坐在床上，发着呆。注射液帮她排出了体内的酒精，但是她马上又开始饮酒，如此循环往复，身体能好才怪。主治医生也这样告诫过他们了，于是母亲还得去住戒酒中心的病房。然而，母亲坚持无论如何也不想住院，结果又变成了每天跑去看门诊。每次都是精神保健科的护工用轮椅推着她进进出出，因为酒精依赖症导致的营养失调，母亲的大脑已经萎缩，连走路都很困难了。比起她之前只为了打点滴而反复住院、出院的时候，母亲的身体状况倒是稳定多了，但是精神状态变得很糟，大部分时间都是意志消沉的样子。再这样下去，肯定会导致大脑病症出现，就算不再饮酒，也会产生记忆损伤等问题。

千绘回首着往事，即便是为家里带来了各种混乱回忆的母亲，即便是为此而内疚自责的母亲，如果没有了对澄生哥哥的记忆，母亲就不再是母亲了呀。想到这里，她感到眼前一片黑暗。那不如就一年一次帮她强化一下关于自己儿子死亡的记忆吧。

“你是想每年都伤害她一次吗？而且，那什么休克疗法，万一人真的休克而死了，怎么办啊？”

休克而死……千绘惊愕地望向真澄，发现她表情僵硬地咬住了嘴唇，看来是真的在为这件事而恐慌。千绘于是开玩笑地说她是不是想太多了，结果真澄把母亲自杀未遂的事情告诉了她。

“所以，你也要多加留意哦。幸亏那个时候创太在场，不然的话……”

说到这里，真澄再也讲不下去了。

从那以后，千绘每次上楼，都要盯着扶手看半天。明明是已经熟到不能再熟的东西了，现在却变得如此不同。它被重新定义为母亲选择死亡时的帮凶。她回想起创太跨在结实的橡木扶手上，当滑梯一样滑着玩儿的日子。那时，澄生还活着，并且笑着站在楼梯下面等着他。母亲怎么能死在这样的地方呢？

她又去追问创太，为什么对自己隐瞒了母亲打算上吊的事。创太回答，他实在不想说。

“可是真澄姐姐还说，当时幸亏有创哥哥在。好厉害啊，你是母亲的救命恩人了。”

创太向千绘投去一个试探的眼神，等她用询问的目光看回来时，他又从鼻子里哼了一声。

“救命恩人，真澄真的那么说了吗？”

“本来就是嘛。”

“那是因为浴袍的腰带自己松了而已。”

“可那也是因为创哥哥突然回来，她一着急才变成那样的吧？从结果来看，你还是救命恩人呀。”

“母亲是想死的，但是失败了。虽然不知道是不是因为我，但母亲的愿望毕竟没有实现。你啊，为什么这么单纯、这么傻呢？”

“说……说什么呢！你什么意思！说别人傻的人才是最傻的！创太是大傻瓜！最近你真是越来越讨人厌了！”

突然，传来一阵笑声。两个人同时循声回过头去，是母亲，她正抓着扶手防止自己踩空，小心翼翼地从楼梯上下来。创太慌忙跑过去扶住她，千绘也紧随其后。

“没事的，扶着东西我还可以走。不过你们两个真有趣啊，竟然还会像小时候那样吵架。”

母亲走到餐桌旁边，说想吃点儿东西。千绘从冰箱里拿出了一大桶冰激凌，用玻璃碗盛好，又插上了勺子，摆到母亲面前。最近只要她吃东西，多数都是甜食，就好像将甜食当作主食一样，而且还说想吃点不用费力嚼的，所以黏稠的东西最好。冰激凌、布丁、巴伐利亚风味点心、法式奶白冻，诸如此类。她每吃一勺，都会闭上眼睛露出微笑。看着她心满意足的脸，家里每个人都会忍不住带更多这种甜食回来。如今，澄川家的冰箱已经被甜食填满了。

“你们也吃点儿啊。”

“好啊。”创太和千绘说着坐到桌边，跟母亲一起吃起美味的冰激凌。此情此景在旁人看来该有多古怪，千绘心想。已经长大成人的哥哥与自己，实在不太适合陪母亲一起玩这种过家家的游戏了。这样的画面，与成年人放松下来喝茶聊天的场景相去甚远。千绘想起了小时候画的时钟，指针总是指向三点。她现在有种幻觉，仿佛她跟哥哥都被那个时钟带回了许久以前的时空中。

“小创和千绘都不可以吵架哦，如果有什么话想说，就在吵架之前来找母亲吧。不管怎么说，最理解孩子的人还是母亲呀。”

看起来她状态不错。千绘觉得果然还是应该让母亲在澄生忌日这一天以正确的方式缅怀他，不然他永远无法安息，于是就打算讲出来。

“母亲，澄生哥哥的……”

话才刚出口，创太就猛地瞪向千绘，她嘴里的话全被那种压力堵了回去。可母亲却接着问：“什么？今天是周五吧，小澄要参加社团活动，会晚点儿回来呀？”

创太和千绘望着对方。那种山雨欲来的恐怖感把千绘吓傻了，她看到创太似乎也有同感，因为他轻微地摇了摇头。

“母亲？”

千绘声音颤抖地叫她，母亲停下了手中的冰激凌勺，好一阵恍惚之后，才小声自言自语道：“啊，是嘛。”

伴随着这句自言自语的余韵，过家家的时间结束了。扶着母亲回到卧室后，创太和千绘在客厅的沙发上坐下来。

“千绘，对不起，我最近脾气不太好。”

“算了，你怎么了？”

创太没有回答，千绘似有深意地看着他：“不想说也可以，没事的。”

一定是跟交往的女人发生什么了吧。武郎的嘴很严，什么具体消息都打探不出来，只知道对方似乎是比创太大很多的女人。得知这一点时，千绘一面由衷地感叹“真行啊”，一面又忍不住在心中某处偷偷地想，该不会是受母亲的影响吧……

千绘一点儿也想象不出跟创太谈恋爱的会是什么样的人，不过他应该挺受年长女性喜爱的。一心想着这些，千绘已经把刚才吵架的事忘得一干二净了。

“或许真如千绘所说，为澄生做些什么会更好，总觉得母亲这样下去就完了。”

“对吧？有时候母亲看着都不太正常了。我觉得我们应该帮她把记忆留住，可是真澄姐姐和诚父亲都强烈反对。他们觉得让母亲这样安安静静地过日子才是最好的。或许是这样没错，但是澄生哥哥可怎么办呢？他已经成了一个不知道该算作死了还是活着的人了。”

“澄生，他是不会长大的。”

创太从角落里的咖啡桌上拿起了放着澄生照片的相框，一边盯着看，一边说道。“哪张啊？”千绘探头过来朝他手上看。一瞬间，澄生端正的脸庞映入眼帘，仿佛有什么在闪闪发光，任谁都会陶醉在他那双细长的眼眸中吧，然而那样的眼睛已经被时间封印了，已经映不出任何东西了。

“我说，创哥哥，如果忌日不行的话，澄生哥哥过生日的时候怎么样？”

“你是什么意思？”

“从现在开始，我们来给澄生哥哥庆祝生日，让他逐渐长大。”

这个提议实在太过新奇，创太“扑哧”一下笑出来：“你是认真的吗？”

“嗯！”千绘用力地点点头。澄生的生日是五月，一定能办成一个有和煦的微风吹拂的生日会。“我肯定能办成功的！”千绘的心中不知不觉涌起了希望。不只是为了母亲，也是为了所有家人。当然，也是为了澄生。

离开这么长一段时间，澄生又回到了家中。而且，今年的生日要把之前的年份全部补上，然后从明年开始，就可以真正地一岁一岁地度过了。没错，就跟澄川家的其他人一样。为了让他跟上我们的时间，有太多的事情要讲给他听。想让他也参与其中的回忆像山一般多，要告诉他：澄生哥哥不在的时候，我们就是这样过来的。

千绘沉醉于自己的幻想中。可惜，听她说完这些，武郎却摇了摇头。

“那样也太奇怪了吧？忌日当天祭奠一下还比较正常。”

武郎诚实的意见让千绘先前的得意当场消失得干干净净，她突然感觉空欢喜一场的自己在别人看来是如此可笑。但是，即便如此，想帮澄生过生日的念头还是没有改变。就因为他的死，澄川家剩下的人都不再重视自己的生日。大家总是偷偷摸摸地为彼此庆祝那一天，似乎是不想被母亲问起，不想再让她确认一遍本该一岁岁增长着年纪的澄生已经不在了。

然而，这么做对母亲来说，真的好吗？如果澄生的肉体消亡后，他留下的痕迹还能继续存在下去，在这个前提下，能够没有任何犹豫、没有任何顾虑地畅谈他的一切，那么说不定他也可以像其他兄弟姐妹一样，在每个家人的心中继续成长。并且，说不定母亲也能在很早的时候便被救出酒精依赖症的泥沼。

生着母亲的气，同时又一直把她当作值得同情的可怜人来对待，这样的我们或许也是得了相互依赖的病症吧。千绘把这个最近才知道的词用到了自己和家人身上：我们确实就是这样，把许多因母亲而起的麻烦怪到了澄生的死上。不过，大家都心知肚明，这是不对的。澄生的死，被我们大家一起冤枉了。

不管什么时候，只要有不好的事发生，就会怪到死去的人头上，那样的话，死去的人也太可怜了。

“死去的人也能迎来新的一岁，我就是想庆祝这件事。”

“可……那只是活着的人自己的想法吧？”

“难道不行吗？”

就在千绘的声音逐渐急躁起来的时候，武郎叹了口气站了起来：“不好意思，今天你就先回去吧。我最近有很多事要忙，明天也还要早起。”

“你赶我走吗？”

“傻瓜。”武郎笑着轻轻弹了一下千绘的脑门。

“是求你放过我啦，我真的非常累了。最近千慧佛每天都来我这里说个不停，叔叔我有点儿跟不上节奏了。”

说什么胡话呢？千绘想，明明两个人的年纪并没有差那么多。

武郎把她送到了车站，千绘站在检票口后面，目送着武郎离开的背影，她突然感到一阵不安袭来。每天都来找他，当然是因为想见他，不过事实上，千绘也的确是有点异常。

起因是创太无意中说起的一句话。

“千绘，你上周的周末，是不是跟津野一起去京都了？”

“为什么这么说？”

“这个嘛，我跟津野的大学同学松尾你记得吧，他说那天看到津野了，所以我就想问问你们是不是一起去的。河源町那边好像有家专门卖黄杨木梳的店，他说傍晚时看到津野站在店门口，好像在等进店去买东西的人。不过松尾当时正陪着上司和客户，所以没去打招呼就直接走了。”

千绘看起来没有任何反应，只是沉默着。创太注意到了，突然不怀好意地笑起来：“难道说，你没跟他在一起？”

“在一起！”

这当然是谎话，但千绘硬要这么说。她觉得自己的哥哥什么都不懂，对男女之间的事太欠缺经验了。我怎么可能让武郎在店外面等嘛，买东西当然是要一起进到店里面商量着挑选了。所以，店里那个跟他还很客气的女人，一定是刚开始交往的对象。如果这事发生在东京，也就不会想那么多了，偏偏是京都，而且还有黄杨木梳。知道别人有事瞒着自己时，想不起疑也是不可能的了，千绘整个心都乱糟糟的。

但也不至于吓一跳。这段时间，武郎一直很奇怪，千绘大概早有预感了。不管问他什么他都回答得心不在焉，约好了见面的日子他也经常说不舒服要改期。千绘不管三七二十一地去找他，虽然他没有明确拒绝，但也总会带着一副为难的表情来迎接。

换句话说，有什么地方跟以前不一样了，并不觉得是倦怠期，因为那不该是这样潜移默化中发生的事。大概就是这两个月左右吧，千绘看着日历一点点往回推算。或许最终会觉得毫无意义以至半途而废，但还是拼命想知道武郎的变化到底发生在哪里。并且，她一边这么想着，一边又为脑海中一个女人拿着浸透椿油的黄杨木梳，靠在武郎身边的想象而如坐针毡。

啊，或许是这天！千绘在日历上找到了好几个可疑的日子，全都做上了记号。那些没有跟自己见面的日子中，不知道他去哪里做了什么。千绘数着这些记号，小声念叨着“原来有这么多”的瞬间，她的眼泪流了出来。明明没有任何确凿的证据，胸口却已经被苦涩紧紧缠住了。她第一次有这样的感觉。只是想到或许会失去他，她竟然会如此受打击。

千绘觉得这样太不像自己了，可还是从那以后一直闷闷不乐。“跟武郎见个面，直接问问他不就好了吗？”她这样对自己说道，然而又怕不祥的预感会一语中的，甚至怕到不敢跟武郎联系了。

那是她从高中以来便深信不疑的人，连想都没有想过自己跟他之间会出现裂痕。两个人是如此相亲相爱，是平日里相互嬉戏的伙伴，是世界上最能理解彼此的同类，这一点毫无疑问。

然而，正因如此，两个人之间发生了问题时，也会清晰地感觉到。武郎的心被什么东西或者是什么人夺走了。这是明确无误的。

“我说啊，之前千绘不是提过给澄生开生日派对的事吗？虽然我依旧很反对在他的忌日做什么特别的事情，但庆祝生日听起来确实不错，所以我重新考虑了一下。”

真澄的这些话原本应该让她雀跃不已的，可如今她却一副充耳不闻的样子，并没有立刻回答。

“真是的！你听到我的话了吗？最近千绘有点奇怪呢。”

“能看出来吗？”

“嗯，能看出来！”

“无论遇到多么讨厌的事，都咬紧牙关忍耐着，拼尽全力向别人展示着：这种程度根本伤不到我。”如此严防死守的自尊，才让自己更像自己。然而，这样的自尊在喜欢的男人面前，竟然这般脆弱。

“你不要紧吧？”

被真澄一问，千绘的眼泪再次流了下来。“最近变得很容易落眼泪呢。”千绘说着跟父亲一样的托词，擦了擦眼角。真澄把手放到她的肩上，同情地看着她。

“多么温柔的姐姐啊！”千绘刚在心里想这句话，转而又愤怒起来——当她向姐姐坦白对武郎产生的不安后，真澄当场“扑哧”一声笑出来，紧接着还大叫：“好可爱！”

“你是在笑话我吗？”

“不是不是，我是觉得放心了。你终于也体会到了这种害怕失去喜欢的人的不安，终于跟普通人一样了。”

“你这是什么意思？”

千绘的眼神中饱含着恨意，真澄却毫不在意地呵呵笑着，用力一拍她的后背：“你去问问他呗！之前你跟创太两个人那么拼命地要我去问鲍比，现在怎么反而自己磨叽起来了？不管结果好坏都没关系的。如果被甩了，澄生肯定会在生日派对上安慰你的。”

这也太没责任感了！千绘在心里如此感叹，同时也暗暗下定了决心。武郎称赞自己时，最常用的一句话就是“很像千绘的作风”。为了证明这一点，一定要当面好好跟他问清楚。这样对自己说着，千绘突然感觉心情振作了起来。话说回来，听说真澄也是被父亲推着去见罗伯特的，如今这种力量又以同样的方式传给了妹妹。不知从何时开始，这样的传递已经超越了血缘关系。他们两个人成了真正的父女，并且已经有了确实的传承。

休息日一早，千绘便赶了过去，武郎揉着惺忪的睡眼打开了门。千绘越过他的肩膀确认了一下屋中还有没有其他人。这还是她第一次以这样探查的心情巡视着他的房间。

知道没人造访后，千绘松了一口气，这才在武郎的催促下进了房间。

“怎么了啊？这么一大早的，我还想多睡一会儿呢……”

千绘说想占用他一点儿时间，并且指示武郎坐下。于是武郎无可奈何地坐到了地板上，半靠在床边，等着她接下来的话。

然后，随着千绘讲下去，武郎也像是被她认真的情绪感染了一般，逐渐端正了坐姿。

“我，非常不喜欢这种感觉，我不想以这样的方式跟武郎相处。”

武郎耸了耸肩：“你说的那种相处方式，我根本听不懂是什么意思啊。千慧佛总是这样，什么都是自己单方面决定的。”

想到如此厌恶的口气，就是他现在对自己的感情，千绘什么话都说不出来了。

“一起去京都的，是我哥哥的老婆。”

听到武郎小声嘟囔的话，松了口气的千绘觉得浑身的力气一下子都被抽走了似的。

“对不起，阿武，我总是胡思乱想。啊——什么嘛，真是的，我也太咋呼了——”

千绘还特意夸张地用手摩挲了几下胸口。武郎似是怜悯地看着她开心的样子，最终还是站起来走到她身边，然后以一句“对不起”为开端，坦白道：

“不过，我或许真的喜欢上那个人了。”

面对一脸呆滞的千绘，武郎又加了一句：“我并没有打算背叛你，也没有打算背着你脚踏两条船。其实我自己也不是很明白，她本来是找我商量哥哥出轨的事，不知怎么，我们就慢慢走出了正常来往的范围，类似这种感觉吧。”武郎脸上困惑的表情，就仿佛在说别人的事情一样。

“那个人，是打算跟你哥哥分手，然后换成你吗？”

千绘拼命压抑着心中的感情问道。武郎摇了摇头。

“那次京都旅行是第一次，也是最后一次，这一点我们已经事先就说好了。”

再在这里待下去，自己可能就要干出什么疯狂的事情了，千绘为此而恐惧起来，什么都没说便离开了武郎的房间。当然，这次他没有像往常那样把千绘送到车站，而是将脸埋进支起的双膝中，一动不动。

千绘麻木地迈着双腿，身体前倾地走在路上。指甲因紧握双拳而扎进肉里，传来阵阵疼痛。那句“第一次也是最后一次”不断地在她大脑中回响。

想必他是迷迷糊糊就跟着人家开始幽会了。想到这里，千绘突然感到非常惊讶，想不到自己也会用“幽会”这种古老的词语。

一个衣着凌乱、盘着头发的女人的身影出现在眼前，然而那个女人没有脸。那张脸，千绘当然是想象不出来的，却深深烙印在了武郎的视网膜上。一个因为得不到而催使欲望更加疯狂汹涌的别人的女人，并且这个别人，还是最违背道德的武郎的亲哥哥。

“去死吧！”千绘脱口而出。武郎之类的死了才好！

曾几何时，那张秘密的名单上，记的都是给自己带来伤害的人，千绘咬着嘴唇想到。然而现在，最最喜欢、喜欢到不行的人的名字，也要写上去了，这到底是为什么呢？爱，是一种伤害吗？

“去死、最喜欢，去死、最喜欢……”千绘完全想不通两个词之间的联系，只能像咒语一般不停念叨着，然后在不知不觉间走上了一条陌生的道路。

途中好像绊到了什么东西，千绘整个人摔在地上。她以为是块石头，可是回头看看走过的路面，什么东西都没有。已经没有力气站起来的千绘，就那样坐在地上，突然想明白了一件事。

把“去死”和“最喜欢”这两个词组合到一起的话，人就会在什么都没有的地方绊倒。

4

“澄生生日的时候，我想让咱们店里的厨师做好餐点送过来。”

真澄提议后，创太也表示同意，说：“挺好的啊。”由于最初的提倡者千绘已经完全丧失了干劲，真澄代替她成了整场策划的负责人。明明对忌日的祭奠活动那么反对，可一听说是庆祝生日，她就立刻兴致勃勃起来，这到底是为什么呢？是因为比起死更重视生吗？不，大概这是通过强调生的欢乐尽可能减少一些死的悲哀吧。因为不想让死者变成一个可怜的人。

当感觉某个特定的人物非常可怜时，人就会被这种心情束缚，对待没有未来的死者更是如此。毕竟，人死了以后就只能一直保持可怜的状态了。所以，为了创造一个改头换面的机会，澄川家的人全心全意扑在了这件事上。年纪轻轻便丢了性命的澄川澄生的不幸，就要靠这次的生日会来“一笔勾销”了。他的死，将被视为一场所有人都必然经历的仪式。并且，他本人也将作为第一位没有实体的家庭成员，重新受到欢迎。多么奇异的主意！难道他们还准备给死人唱生日快乐歌吗？多么离奇，多么愉快，多么愚蠢，同时也是多么温暖至极的一帮人啊，真是的。

自从那场事故以来，“派对”这个词就从澄川家彻底消失了。他们对待每一场庆祝活动都非常谨慎，多数时间都是躲在家中的角落，窃窃私语着度过。无论是谁的生日，都不曾大张旗鼓地表示过喜悦之情。现实中年龄不断增加的活生生的人，却要顾及逝去之人的心情，这是多么不可思议。当然，这都是因为母亲将儿子的死视为自己身体细胞的一次死亡，并且她还一直保留着那已经被认定坏死的部分。其实，如果能更早地将其切除，情况或许比较好些。那样的话，早在很久之前，切下的部分说不定就已经作为新细胞再生了。

或许已经太迟了。不过，至少母亲还保留着最后一点理智。当着使出各种招数只为分散她注意力的家人的面，她有效地利用了一息尚存的清醒的大脑碎片，说道：“小澄的生日？那……母亲一定要烤个蛋糕才行。打蛋器好像有点儿坏了，得买个新的了。还有，刮刀的手柄也掉下来了。”

母亲就这样令众人瞠目结舌、滔滔不绝地讲出必需的道具和材料以后，还陶醉地闭上眼说：“一定会是个很棒的五月。”

突然，父亲站了起来。其他人还都满脸困惑地看着他，母亲却咯咯地笑着冲他招了招手。

“你好傻呀，阿诚，怎么哭了呢？快点儿过来。”

母亲让父亲在自己坐的椅子前面弯下腰来，像要把他整个人包起来似的，用双手紧紧抱住了他。这是所有人第一次看到，不是被父亲抱着，而是抱着父亲的母亲。

此时尚是樱花刚刚含苞的早春。

母亲能够欣然接受这件事，令所有人都感到安心，于是开始了五月生日会的各种准备工作。沉淀于家中十五年的空气，突然变得轻飘飘的，从打开的窗户吹了出去，并且有新鲜的空气徐徐灌进来。生日派对！这个词再也不是禁用词了，提都不能提的日子一去不复返了。

而在此之中，唯独千绘会时不时带着一副意志消沉的神情把自己关在房间里。

自从武郎坦白以来，他们两个就再没见过面，只有武郎单方面联系过她很多次，然而千绘既不接电话，也不回短信。

她仅仅是不明白那“想见一面”的短短几个字到底是什么意思，并为此害怕得不行。武郎是想明确地分手吗？还是说想要复合呢？如果是后者的话，她当然很开心，但是对于还能不能找回从前的感觉，她完全没有自信。千绘试着把这件事告诉母亲，反正母亲一定听不明白这些话的意思，她这样想着，将前前后后的事情对母亲和盘托出。

结果，大大出乎她预料的是，母亲仿佛一位恋爱专家一般，向她提出了明智无比的建议。

“京都旅行才不会是什么第一次和最后一次呢。他必然会迫切盼望着再来一次，之后便是一次又一次，然后终有一天他会清醒过来，意识到千绘有多么重要，接着就打算回来找你。”

“如果他真的回来了呢？”

“那么，这一次就由千绘来甩他好了。”

这个人，真的是母亲？千绘讶异的脸上写满这句话，她盯着母亲，半天移不开视线。

母亲不知为何对生日派对展现出了非常积极的态度，而以往对她的卧室敬而远之的孩子们也开始在里面进进出出。就连从前好不容易回家一趟，也只是问问情况就走的真澄，现在也会特意去卧室看望她，并且越来越长地陪她聊天。大家仿佛都逐渐回忆过往，那个生病前的可爱的母亲。不管存在多少问题，这个事实都不会改变。

创太偶尔会把脸凑到母亲耳边，小声念叨：“万岁，万岁，万岁，万岁。”那一瞬间，原本心不在焉的母亲会突然笑起来，像个小孩子似的开心不已。于是，她偏移了位置的眼球也会重新归位，目光也得以再次对焦。

创太也向母亲说明了自己的恋情，她却没有像对千绘那样给出明确的建议，不过终究还是讲了一句话：“不管选哪边，如果明天突然死掉了，可怎么办呢？”

或许她的话并没有什么深意，然而，创太却因为无法回答而一时语塞。并且，仿佛按捺着什么一样沉默了很长时间之后，他终于呼出口气。

“是啊，母亲，真的是那样。”

于是母亲再次将无所对焦的眼神投向空无一物的方向，重复着“是那样，真的呢，是那样”，然后露出舒缓的微笑。

生日当天，真澄把罗伯特也带来了。他看上去完全变成了自己这个日本女朋友的忠实仆人，喜笑颜开地被她支使来支使去，一会儿把揉成团的麻餐巾穿到他带来的古典毛巾环中，一会儿在糖果罐里装上巧克力点心。

真澄自己则在旁边忙着给外卖送餐员指路，俨然一副负责采购的女主管派头，连想帮忙的千绘都无从下手。

“原来如此，长久以来都是独当一面的职业女性，就会变成这样啊。”

每次伸手想干点什么，都被说成碍事而被赶到一边的千绘，不服气似的说道。

“变成这样是什么样？”

“变成一个随意使唤男朋友的女强人啦，太可怕了，我还是要尽量当一位可爱的太太才好。”

“烦死了！”

虽然是在呵斥千绘，但真澄的声音还是充满了亢奋。“今天是你余生的第一天。”她想起之前看过的一部非常喜欢的电影，里面有这样的一句台词，于是雀跃不已地告诉了罗伯特。“《乱世佳人》？”罗伯特打了个响指表示同意。

餐桌上的准备终于完成了，父亲将母亲带了过来。创太负责开香槟，真澄和千绘也都就位了，罗伯特拉开椅子，等着接待从二楼下来的母亲。终于，一顿被珍藏已久的午餐即将开始。

“哇，怎么这么棒啊！”

母亲不禁赞叹道。在父亲的搀扶下，她借着罗伯特的帮助坐下来。她旁边的位子则为今天的主角空了出来。

香槟酒塞伴随轻快的响声被拔了出来，创太将酒倒入所有人的杯中。负责祝酒的肯定是家长，最近经常被笑话成爱哭鬼的父亲，刚一举杯就已经泪流满面了。

“那么，敬澄生！”

说完这句，他便泣不成声，真澄只好代替父亲接着说：“敬澄生！祝你时隔许久的生日快乐。”

接着，所有人都用自己的称呼叫了主角的名字，并且举起酒杯碰到一起。玻璃杯一次次碰撞的清脆声，仿佛是五月的熏风自敞开的法式窗口吹进来摇曳着风铃。没有比这更舒适的了。“拿些五月的风来做果冻。”这句话是出自哪位诗人之手来着？真想告诉他，把那风融入香槟，含进口中，才是无上的美味。

澄川家的人尽情地畅谈着各种各样关于过去的回忆，其间不时夹杂着罗伯特的惊叹与打趣，午后的宴会逐渐变得热闹非常。谈笑风生中，放在空位上的香槟杯也不知道被谁拿走喝光了，过一会儿又被重新倒满，放回原位。

正当大家沉浸于愉悦的酒醉之中时，突然，玄关的门铃响了起来。他们彼此带着惊讶的表情望了望，创太突然说了句“我给忘了”，然后跳起来跑去迎接新来的客人。

被创太推着走进餐厅的，正是武郎。就在他犹豫着要不要自我介绍一下的时候，所有人都望向千绘。她满脸通红，抗议着哥哥的多管闲事。结果武郎连忙拦住她说：“是我硬要他帮我的。因为，我无论如何都想见千慧佛一面。即便你不会原谅我，我也……还是想再见你一面。”

千绘用一只手捂住嘴，偏头转向一边，然后沉默着。

“让我们再回到从前那样吧？一起挤在沙发上，盖着同一块毛毯看电影，好不好？”

“哟，你们以前就这样啊……”真澄在旁边揶揄着，结果被罗伯特悄悄戳了一下。

武郎反复恳求着，已经完全不顾什么羞耻和体面了，然而千绘依然沉默着，于是他这次又深深地弯下腰去，郑重地鞠躬行礼道：“请原谅我！拜托了！我为了澄川千绘小姐，什么都愿意做！”

始终一言不发的千绘此时终于回过头来重新面对武郎，她眼睛向上地看着他，然后说道：“那……跟我结婚吧。”

见武郎说不出话，她又乘胜追击道：“既然你那么说，那就跟我结婚吧，发誓说直到死亡将我们两个分开。”

有一段时间，四下一片寂静，最终打破这寂静的，依旧是真澄戏谑的声音。

“这下看你要怎么办啦！”

回过神的武郎马上摆正了姿势，直挺挺、一动不动地大声回答：“是，请允许我在此发誓！”

“这是正确的日语表达方式吗？”罗伯特向真澄问道。她没有回答，只是大力地鼓起掌来，随即全家都跟着鼓掌，最终变成一片响亮的掌声。

武郎不好意思地挠着头，跟未来的岳父、岳母挨个打招呼。母亲毫无兴致地听着他的寒暄之词，刚讲到一半便厌倦了似的打断他，指着旁边的座位说：“这里有空座，坐下吧。”

千绘连忙阻止：“母亲，那个座位是……”

“没关系啦。”母亲拍拍自己身边的椅子靠背，劝武郎坐下，“小澄的话，就让他站着好了。”

实在看不下去武郎拼命找说辞的样子，创太搬来了备用的凳子。武郎这才松了口气坐下去，化解了一场危机。

生日派对再加上订婚宴，这样喜上加喜的事，所有人都很开心。真澄点的菜眼看就要见底，香槟和红酒的瓶塞被一个接一个拔起，空气里充满了祝福。

首先察觉到异常的是父亲。他一直小心留意着，不让妻子离开自己的视线，不过一杯接一杯重新注满的酒杯让他也在眨眼间忘记了她的事。等他再次移回视线，就看到她闭着眼睛，含着冰激凌勺子，全身脱力。

“美加！”

父亲拼命晃着母亲的身体，真澄发现了，立刻大叫起来。周围像冻住了似的一片寂静，然而在下一个瞬间，又转变为一片混乱。千绘在哭，创太在大喊，罗伯特只是站着。真澄松开了母亲那件连衣裙的腰带，父亲一边叫着她的名字，一边将她抱了起来。“我这就叫救护车！”武郎慌慌张张地抓起了电话。

就在所有人都手忙脚乱的间隙，我也凑了上去，然后在母亲的耳边，如同吹气般呼唤：“母亲！”

我一次次将非常非常强烈的气息吹过去。然后，不知是不是因为这个举动真的有效，母亲慢慢地睁开了眼睛，然后微笑着望向周围担心自己的人。

“没事啦，母亲只是因为好久不做蛋糕，累倒了而已。”

大家一起长长地舒了一口气。这大概是所有人迄今为止的人生中最长的一口气了。

当然，我也长长地叹了口气，由衷地感到安心。毕竟，母亲，如果你现在停止呼吸的话，那么自从被雷电击中以来，我这么长时间的忍耐不就毫无意义了吗？这许多的人生啊，多多少少，请让我继续如此快乐下去吧。

“母亲的蛋糕！”有人叫起来。

对啊，快点儿来切母亲做的蛋糕吧！

图书在版编目（CIP）数据

明日将至 /（日）山田咏美著；赵婉宁译．— 北京：中国友谊出版公司，2019.3
ISBN 978-7-5057-4603-9

Ⅰ．①明… Ⅱ．①山… ②赵… Ⅲ．①中篇小说－日本－现代 Ⅳ．①I313.45

中国版本图书馆 CIP 数据核字（2019）第 031194 号

著作权合同登记号 图字：01-2019-2023

书名 明日将至
作者 〔日〕山田咏美
译者 赵婉宁
出版 中国友谊出版公司
发行 中国友谊出版公司
经销 新华书店
印刷 天津旭丰源印刷有限公司
规格 880×1230 毫米 32 开
6.5 印张 118 千字
版次 2019 年 7 月第 1 版
印次 2019 年 7 月第 1 次印刷
书号 ISBN 978-7-5057-4603-9
定价 39.80 元
地址 北京市朝阳区西坝河南里 17 号楼
邮编 100028
电话 （010）64678009

如发现图书质量问题，可联系调换。质量投诉电话：010-82069336